何一峰武侠小说

何一峰武侠小说

红颜铁血记

何一峰 著

中国文史出版社

图书在版编目(CIP)数据

红颜铁血记／何一峰著. -- 北京：中国文史出版社，2025.3

（何一峰武侠小说）

ISBN 978-7-5205-3880-0

Ⅰ.①红… Ⅱ.①何… Ⅲ.①侠义小说-中国-现代 Ⅳ.①I246.5

中国版本图书馆 CIP 数据核字（2022）第 199670 号

责任编辑：牟国煜

出版发行：**中国文史出版社**

社　　址：北京市海淀区西八里庄路 69 号院　　邮编：100142

电　　话：010-81136606　81136602　81136603（发行部）

传　　真：010-81136655

印　　装：廊坊市海涛印刷有限公司

经　　销：全国新华书店

开　　本：880×1230　1/32

印　　张：7.75　　　字数：118 千字

版　　次：2025 年 3 月第 1 版

印　　次：2025 年 3 月第 1 次印刷

定　　价：58.00 元

目　　录

第一回

桂仙祠访师遭白眼
罗珉山闻警哭红妆

　　鸡足山位滇省之西，主峰耸起，分脉纷歧。在云岭雪峰上向南望去，其形竟类鸡足，故名鸡足山。山中有座桂仙祠，据那地方的故老遗传，当日山间有棵桂树，是张果老骑驴到鸡足山，从定慧寺智峰长老胆瓶中取了一枝春桂，借了他的仙法，栽在半山之间。及经日月之所照临，雨露之所滋养，便长成一株桂树。当春而花，代远年深，那桂树一日高大似一日。有人爬到树上，下视树下的人，同三岁孩提一样的小，树的周围，十个人都合抱不来。

　　到了朱明时代，定慧寺的住持静海，大兴土木，重建藏经楼。山中人公议助给定慧寺的大缘，不肯大家拿出钱来，就转这株桂树的念头了。通过静海和尚，把这株桂树砍伐下来，以供修造藏经楼的木料。藏经楼才落成了，静海曾在这楼上看见个红衣女郎，向他索命。静海被她闹怕了，在那株桂树的所在，建造一座仙祠，香花供养着桂仙神像，就敬奉得桂仙精不再到静海面前兴妖作怪。

这些话都出于无稽，由他们姑妄言之，著书人正不用姑妄信之。不过那座桂仙祠，至满清雍正时，尚依然存在，祠中的偶像即是桂仙，侍奉桂仙香火的人当然是需用女道士的。

单说那时桂仙祠中有个女道士，道号唤作悟因，年纪有五十多岁，尚没有个徒弟，一则因桂仙祠没有田产，生活极苦，祠屋无多，轻易没有人到祠中憩赏。二则悟因平时深居独处，不到村俗人家走动。当时即有许多妇人女子，要想出家做道士，因不肯到桂仙祠中度这穷苦的日月，了此余生。而且悟因也不肯收留那些不耐劳、不吃苦的妇人女子做徒弟。

这日，忽然有个外省的少年到桂仙祠来，愿拜悟因为师。

悟因笑道："这是奇到哪里去了？无论贫道祠中的生活极苦，种菜植瓜，不是居士所能受的，就是居

2

士能度这出家人清苦的生活，居士是男子，也该拜个男道士为师，无端闯到了贫道这里来，要做贫道的徒弟，岂非笑话？"

少年道："师父固然是不肯轻易收人做徒弟的，弟子也没有胡乱来拜人做师父的道理。弟子姓李，名鼎，湖南嵩山人氏，家中数代都喜练武。先严弃世得早，弟子在先严跟前所学这点儿功夫，难望大成，特地出门访求名师。非是弟子言狂语大，由河南动身访师，一路访到这地方来，也曾遇到多少鼎鼎大名的好汉，毕竟没有个能收弟子做徒弟的。好容易才找到了师父，愿师父曲意收留弟子，传弟子的本领。"

悟因听了，现出很诧异的样子回道："居士误听了谁的传言，疑惑贫道有什么惊人的本领？贫道在小时候已到这桂仙祠出家了，平时不大到山村人家奔走，更从谁来学得什么本领？却害得居士辛苦到此。其实居士这时的本领很足以对付一班欺世盗名的人物了，还要从谁来学本领？贫道已皈依道宗，又有这点儿年纪，没有学武艺的心志。若是小时候未曾出家，遇到居士这样人物，决然要拜在居士门下，也不用避甚男女嫌疑，放过居士这样有本领的师父。"

李鼎道："弟子出外访师，断没有容易听人说某人武艺好，就来拜某人为师的道理。不过传说的这人，岂但弟子相信他，谅师父同他也有点儿关系。弟子和师父相见，很不容易，师父决然肯收弟子做徒弟的。"

悟因听罢，不禁愣了愣问道："是谁人晓舌，传说贫道的事？他叫你来拜我为师，可有什么证据？"

李鼎道："弟子这个人就是证据，师父相信弟子的话不错，且受弟子百拜，弟子便将他前来的缘故，告诉师父。"

悟因急止道："且慢，你这话说得太奇怪了，你有相当的证据就有相当的证据，没有相当的证据就没有相当的证据，怎么你说你这个人就是证据呢？"

李鼎道："弟子年纪虽轻得很，生平未尝说过谎话，江湖上人多说易得黄金百两，难买李鼎一言。师父当相信弟子是靠得住的，所以弟子说我这个人就是证据。弟子是云南女侠穆玉兰叫弟子前来拜师的，她说师父的本领得自天授，还要胜她十倍。"

悟因道："五倍十倍的话，就是外行人说出来的了，无论我没有什么武艺，即当初胡乱学了几年，和她所学的门径完全不同，她是学的外乘气功，我是学的内乘气功，内外乘气功的门径既不同，她是外乘专家，如何能知内乘深浅？犹之贫道略知一点儿内乘气功，也没有去过问她内乘气功的层级，她怎好说我的功夫胜她十倍呢？你要拜我为师，我不是怕你的为人靠不住，是怕江湖上人的传说靠不住。江湖上人说是易得黄金百两，难买李鼎一言，我也曾听得有人传说，河南李家传子不传徒的刀法。你学得你父亲的刀法，江湖上人也揄扬其词，说你的本领青出于蓝，已是登峰造极。如果你的本领真算登峰造极，江湖上人说的话是靠得住，你还要千里寻师做什么来呢？既然是穆玉兰荐你前来，我也不用向你敷衍其词了，只是你得交出穆玉兰荐你的证据，不能说你这个人就是证据。"

李鼎急道："弟子早知师父不相信，可恨那时没有向穆玉兰讨着荐函。"

悟因沉吟道："你只讨得穆玉兰的荐函就得了，以下的话，恕贫道不敢多言了。"

李鼎没奈何，只得且向悟因拜别，走出桂仙祠，自言自语地说道："从来内外乘功夫的派别不同，门户各异，我们学外乘气功的人，容易受内乘气功的白眼。穆小姐所学也是外乘气功，竟使悟师对她排除门户之见，这是穆小姐的人格叫悟师相信她，不是悟师信服她的本领，穆小姐的住址，大略除了悟师，也只有我知道。就因穆小姐的为人很机警，不轻易对人说出自己的来历来，我何不赶到罗珉山去，访问穆小姐？能够遇见她，讨着她的荐信，就是我的造化了。"

心里这么一想，便下了鸡足山，一路赶到罗珉山，山阴一处山岩中间，果然看见有许多青松翠竹，围绕着一所小小的茅檐。走到门前，便听得猎猎犬吠，似乎听得有女子的声音问："是谁？"

李鼎以为是玉兰在那里问他的了，便回说："是我。"旋说旋走进了门。

却见里面走出个青衣女子来，李鼎看这女子，并不是穆玉兰，便问："小姐在家吗？"

那女子并不回答，又问："你是谁，找我们小姐做什么来？"

李鼎道："我是山西李鼎，特来请太太的安，顺向穆小姐问一声好。"

那女子道："你找错了，我家不是姓穆……"

话犹未毕，忽见里面又走出个青衣女子来，说："芸香姐，快将这姓李的请进来。"

芸香转脸叫了声韵香道："他找的是姓穆的人家，谁要你请他进来？我怕你这小鬼头春心动了。"

韵香道："姐姐说话放尊重些，是老太太吩咐，要将姓李的请进来有话说。"

芸香看韵香转身入内，便跟着李鼎走进一屋。即见芸香拥着一位鹤发龙钟的老太太，泪流满面，从房里走出来，向李鼎面上望了望，说："你就是山西大刀李柏的儿子李鼎吗，你找穆玉兰有什么事，你是怎样认识穆玉兰的？"

李鼎向那老婆子拜道："太太恕我冒昧，我是不说谎话的。自先严弃世，浪迹江湖，满心想访求天下奇能异行豪杰之士，曾到安徽黟山拜望我的姑母。说到我这姑母，她的儿子唤着吴小乙，在江湖上知道他母子的，也只有限几年。我姑母的金钱神算最准确，曾给我虔心占卜一课，说我此次访交师友，往南方最吉，卦爻很是圆满，不但能访得名师，传你一手好本领，并且邂逅一位女中的豪杰，好来做你精神上的伴侣。

"我依从姑母的话，一路到了云南，就听得穆小姐的大名，真是如雷贯耳。转怕无缘，没有相逢的机会，打探穆小姐在云南地方，专会锄奸杀霸，替衔冤受屈的人打不平，平治红莲教的余孽，尤其是穆小姐生平的第一功绩。她的形迹真是出如狡兔翩若惊鸿，侠骨柔肠，算得个女中豪杰。但轻易没有真面目见人，不肯说出她的居址。

"也该我同穆小姐有相逢的机会，这日我到了江州境界，看江州那地方有许多卖艺的，变出来的戏法惊人。我一看，知道这些卖艺人显的法术就是红莲教的变相，很赏了那些人几两银子，暗暗向他们问道：'你们既有这样的法术，什么地方不能赚钱，却做这觍颜求人的勾当？'

"那些人回道：'要拿法术去盗劫钱用，这还了得？我们虽做这卖艺生活，终由人家情愿舍几个钱。穆玉兰小姐是准许的，若是瞒着她，做出非理违法的事，那么我们就死定了。我们未入红莲教时，都是穷得没饭吃、没衣穿，穆小姐也不知在暗地里送给我们多少银两。我们看得了这注横财，起先连来由都不知道，及看穆小姐留下来的标记，是纸剪的玉兰花，才知是小姐周济我们的银两。我们在先大半受过穆小姐的恩典，可惜没见过她一回。及至穆小姐化装投入红莲教宗，做出那番惊天动地的事叫我们这样，我们还肯那样？我们不服她，还服谁呢？不怕她，又还怕谁呢？'

"我听了那些人的语调，爱慕穆小姐的心肠格外厉害了，问那些人可知道穆小姐在什么地方，那些人都不肯说。我心里急得什么似的，回到客栈，只觉有些闷刺刺的。吃过晚饭以后，便走出村外，到郊野地方纳凉。偶然走到一片树林下，看从那树林里穿过一阵风来，我想到林子里睡歇些时，是很写意的。走入树林深处，在皎皎月光之下，看见先有个人睡在那里，仿佛见她是个女子。再走近几步看时，不是个女子是谁呢？

"那女子穿着一身薄罗衫裤，两足没有受过包裹，粉脸靥红，腮窝微笑，像似喝醉了酒，已经沉睡的样子。旁边放着一套黑衫裤、一件夏布长衫、一个小小布袋、一把刀、一幅香手帕。我心里愣了愣，要是寻常人家的小姐，更深夜静，无端跑入深林里睡歇些什么？若疑惑她是妖邪，明明身边放着这些东西，如何错认是妖邪呢？便将那布袋解开一看，里面是十来支火眼金钱镖，就有几分想到是穆小姐。再将那手帕抖开，真个又看出穆小姐的证据来了，原来那手帕里放着十来朵纸剪的玉兰花。

"我当时即认卧在深林中的女子是穆小姐了，转不敢去惊动她，把十来支金钱镖仍裹扎在口袋里，玉兰花也给她仍然包好起来，只得站在小姐的身旁。等了好一会儿工夫，才见小姐醒过来，像似行所无事般，穿了男装，佩了单刀，藏了口袋，揣了手绢，举步向树林外便走。我只得赶出林外，说：'穆小姐，恕我冒昧，我在树林里已等候小姐多时了。'

"穆小姐回头向我脸上望了望，嗖的一镖，似乎向我面部上打来。待我用手来接时，那支镖端的还接在穆小姐手掌心里。

"穆小姐便对我点了点头说道：'我看你适才接镖的手势是个内行，我们彼此已心心相印，明白你的本领，也很不错，用不着多说了。只是我的面目已被你看穿，你得将来历说给我听。'

"我见穆小姐这样问我，便通过姓名，将出门访求师友，心里所钦佩的人物，眼里所看见的事情，向穆小姐说了。彼此谈得很是投机，我恨不能化身为女，穆小姐也恨不得化身为男，做个终身伴。后来谈起当今的人物来，穆小姐曾指我一条明路，叫我到鸡足山桂仙祠去，拜悟老为师，并说悟老的本领得自天授，要胜她十倍，并同她很有点儿情感，叫我到悟老那里，说是穆玉兰举荐前来，悟老总该看是她举荐的人，没有不肯收留的。

"谁知我到悟老桂仙祠，因没有穆小姐的荐信，竟被拒绝了。因小姐在临别时候，告诉我的居址，这番得转来访问小姐。

"我的话若对老太太撒一句谎，我就不算是大刀李柏的子孙了。"

老婆子听了，含泪说道："原来你是山西李鼎，和玉兰是同志的朋友，特地前来拜访她的。只是你要找玉兰小姐，不该到这里找她了。"

李鼎惊讶道："难道我找错了人家吗？"

老婆子含泪道："不错，你到这里找的是穆玉兰，可惜你来得晚了些，若早来七日，还可以见我女儿一面。你迟来七日，便会不见我的女儿了。"

李鼎听了这几句刺心的话，忽然想到老太太满面泪容，眼眶里总没有个干爽的时候，魂已飞出天外，不由失声问道："难道她是出门去了？"

老婆子哭道："哪里是出门去了？我这玉兰女儿，在六日以前，已被红莲教的恶党谋害死了。"

李鼎猛听得这个死字，简直浑身抖个不住，一脚立不稳，跌在地下，口里只说："这……这……这是什么话？没……没……没有的事。"

只管睁着圆圆彪彪的眼珠，向穆太太出神。

穆太太看他这模样儿，越发哭个不住（本回衔接

《小侠诛仇记》中人物，如李鼎，如芸香、韵香，如穆太太，如绝代佳人穆玉兰，虽在书中都露过面，但尚非《红颜铁血记》中主要文字，下回穆玉兰正式登场，才是抒写美人儿情绪、铁血心肝的时候）。

毕竟玉兰生死如何，且俟第二回再续。

第二回

一息尚存英雄声是泪
单刀直入女侠气如虹

　　话说穆太太见李鼎倒在地下，只管睁着眼珠，向她出神，便不由泪眼婆娑，旋哭，旋向李鼎说道："我这玉兰孩子，年纪小，不知道轻重，她有多大本领，要去管问红莲教的闲事，帮助山东姓张的四弟兄，将红莲教中五位首领用火眼金钱镖结果他们性命？岂知那些红莲教的余党，表面上看是被她降服下来，其实他们深恸薛天左五人死于非命，这股怨毒，暗中却衔结在玉兰身上，越是对人说着玉兰的好处，他们却越衔恨玉兰入骨。可怜那夜玉兰回家，吃了几杯酒，托说头眩，竟至不省人事。先生诊脉，说她不是中酒，是中了很厉害的邪法，是再不可救药的了。

挨到第二天清晨早上，竟是七孔流血，一尾活跳的鲜鱼就死了。"

这时候，李鼎听一句，便咬一咬牙齿，根根毛孔出了冷汗，直听到末了那几句话，早叫了声："穆小姐！"便模糊过去。

穆太太转然不慌不忙，叫芸香吩咐厨房里家人穆贵快煎姜汤上来。少刻，芸香端上姜汤，把李鼎抱在怀里，用姜汤灌着他。李鼎睁开眼来，看见自家睡在芸香怀里，不禁痛哭起来，心想，我那夜同穆小姐林前叙话，月下谈心，对于这燕婉之求，室家之好，我这一缕情丝已不知不觉地牵到她的身上，看她的神情，对我未尝没有丝毫的意思。不过这些话彼此有些碍口，不好当面吐诉出来。这丫鬟若是穆玉兰小姐，我的心就可开了一朵欢喜花了。我看穆小姐那样侠骨柔肠，不幸为红莲教妖人所算，纵茜纱窗下，我本无缘，而黄土垄中，卿何薄命？

想到此际，不禁咽哽喉塞，碎尽心肝，又向穆太太哭道："小侄冒昧得很，请问太太，小姐既死，她的坟墓葬在哪里？"

穆太太转不答他，揩了揩眼泪，向芸香斥道："李少爷老是睡在你的怀里，这成个什么样儿？"

芸香听了，粉腮上也潆朵朵红云，直潆到鬓角上，起身将李鼎放在地上。伸出一只粉嫩雪白的膀臂，仍将李鼎扶得起来。

　　李鼎又想，我在那一夜，看穆小姐苹红双颊，点水清瞳，那个笑盈盈的脸，绽开了一点朱唇，同我谈论古今豪侠之士，诉说当今时代人品的高下，一若河决下流而东注，好像她说的话句句在我心坎里挖出来的。不由我怦然心动，蔼然以和，肃然以敬，跪倒在她的面前，说她是当今时代一个奇女子。她也曾露出这样胭红藕白的膀臂，伸出嫩葱似的手指，将我一把从地下扶起来，不但不嗔我轻狂，反说我在先对她所说的话也是当今时代一个奇男子，只顾向着我憨憨地笑。至今只隔月余，而白骨成磷，黄土埋香，美人儿物化，空余艳迹。触景生怀，哪得不使我凄然心绝？心里这一想，那眼泪便如撒豆子般，点点滴滴，洒在芸香的小膀子上。芸香便甩脱了手，怪没意思地站在那里。

　　李鼎又向穆太太哭道："小侄向来事无不可对人言，尤其是在你老人家面前，更不能不倾怀尽吐。自同你家小姐相识以后，总觉得终身，我将来终身的希望，我终身希望的源泉，总系在小姐一人身上。太太

15

只对我说出小姐的坟墓葬在哪里，我要去祭奠她，杯酒渍坟，洒尽一掬同情之泪，祝告她在黄泉之下，默佑我给她报了大仇。纵然将来再中红莲教的妖人暗算，也省得同她幽明异路，永没有相逢的机会。"

穆太太拭泪道："照你这样情形看起来，你们相逢的机会已不远了。"

李鼎模模糊糊地听了这两句话，并没有审明穆太太忽然说出这话的意思，只顾逼问着穆太太，小姐的坟茔究在哪里。

穆太太转然开颜一笑，向壁板上敲了两声，这两声才了，即见房里闪出个光艳满目的女孩儿来。但见她身穿粉红短袄，下系百蝶撒花彩裙，柳腰轻展，笑靥频开，那个香喷喷的脸，真是白焰腾腾，红光灼灼，如同珍珠玛瑙放出来的宝光一样。手里拿着个粉红小绢帕，向李鼎面上扬了扬，说："李兄，你瞧我是谁？"

李鼎愣愣地向她看了好一会儿，几乎连心肝五脏都笑开了，不是玉兰还是哪个？

玉兰笑道："李兄，我们在江州一别，差不多已有四十天了，你当真我是被红莲教人谋害死了？我相信你为人靠得住，也不枉我对你这番做作。"

李鼎忽然又流泪说道："你叫老太太吓得我要死，你既然是死了，你不该还活在世上。我不打算你竟这样远我，你没有荐信给我，却叫我到鸡足山去，空劳跋涉一场。我到你家里来，你又来赚骗我一瓢眼泪，我却不知是什么缘故，得罪了你，用得着你如此做作？这番你也该看见我的人心。"

玉兰又笑道："你我心心相印，本非偶然的事，何况你们男子的心肠，本不容易体会。我用这番做作，我有我的苦心。若说我是远你，哪里早该给你个证据，去会悟师。你也未必在今天到我这里来看我，叫我试验出你的人心，你也不用说这些话责备我，我对你的地方，你细想起来，总未必怪我。我如今已经出来会你，你这一来，已知道我不曾死，红莲教的余党没有能脱我掌握，转我的恶念，你心里总该欢喜。我的信已写完了，今日叫穆贵陪你到鸡足山去，你们主仆在桂仙祠附近的地方，赁一所小房子，时常到桂仙祠，请悟老暗暗指点你。二年以后，我总该请你到我家里来住，等我母亲百年后，我若不死，也得去拜悟公为师，请她传授我内乘气功，我们总算是师兄妹一家人了。"说着，便叫上穆贵，将信交给了他。

当日午饭以后，大家送李鼎出来，在那一声唱别的时候，玉兰说一声："前途保重！"又向穆贵嘱咐一番。李鼎也对玉兰说了"珍重"二字，拜别穆太太，又望芸香、韵香两个丫鬟说道："请你们两位姐姐留心我的话，若是小姐有时忘记了我，你们可以提醒她，我将来总报答你们的好处。"说着，便一步一辛酸地随着穆贵去了。

玉兰直到望不见他的人影儿，方才攙着穆太太，还着芸香、韵香，回到房里。

光阴荏苒，乌沉兔逝，不觉已是二月工夫，玉兰看她母亲精神很康健，曾到鸡足山去看望过李鼎一次。

李鼎曾向玉兰嘱托道："我有个姑母，就是安徽黟山吴小乙的母亲，小姐若到安徽，顺便到我姑母那里通个信儿，就说我在这地方，随师学艺，少来向姑母跟前请安。"

玉兰点头应是，回到家中，对她母亲说明，便立刻改换男装，藏了单刀，带了几支金钱镖，立刻动身到安徽去。路过贵州青龙关一所市镇上，镇名唤作鲤鱼堡，玉兰因一时口渴得很，想着寻个饭店进些饮食，恰巧看见前面一处楼上挂着"升平楼"三字的招牌，便三步两步走了进去，拣一处清静地方坐下，茶博士献上茶来。玉兰喝着茶，环视一周，见坐在正对面的是个胖子，衣服极其阔绰，年纪有三十多岁，脖颈之上露出些圈圈儿，那种大咧咧的模样儿，好像不把寻常人看在眼里。左边坐着个很漂亮的小伙儿，短衣窄袖，背后垂着油润润、光滑滑松三花丢五缕的一条辫发，表示他是个小光蛋。右边坐着个五六十岁的老头子，装束极朴素，双眉愁锁，好似心里有许多苦恼结解不开。

但听那老头向胖子说道："苏寨主若是缺乏军饷，小老儿情愿孝敬苏寨主一千两，小老儿这个女儿，生来多愁多病，不是福相，凭苏寨主那样英雄豪杰，将来倡举大义，杀到北京，名正言顺做了皇帝，是凡食毛践血的臣民，都感受苏寨主的恩德，将来选采妃嫔，何患无绝代佳人侍奉左右，何必争此泉下物呢？总得请冯老爷在寨主面前行个方便，小老儿也情愿送老爷一千两。"

那胖子听了，沉下麻脸说道："你肯将你女儿送到落峰山黑虎寨，就约定日期，将你女儿送到落峰山黑虎寨，不肯将你女儿送到落峰山黑虎寨，简直就回说个不字，谁要你的银子，又不是我冯大爷想你女儿做压寨夫人的？"

那小儿也起身说道："我们寨主的脾气，向来是火上浇了一勺油，他要你的心，你不能割出肝肠，当是心一般的孝敬他。寨主想你女儿做压寨夫人，这是抬举你女儿的，才肯请冯大爷向你说媒。你若不识时务，看我们寨主光起火来，立刻遣动大队人马，抢你女儿到黑虎寨去，放了一把火，烧毁你这鸟舍。那时你才想到冯大爷的话，金子石头都换不来的。"

那老头儿又道："冯大爷的为人真好，在我们地方上能把大事化小，小事化了，哪个不受冯大爷的栽培？我那薄命女儿，今年才得十六岁，冯大爷也养得她出来，大爷直当这孩子是你女儿吧！总恳大爷要在寨主面前行个方便。"

那胖子冷笑道："我的性格很古怪，任凭人说我千声坏，不喜欢人恭维我一声好，我这穷光蛋，就从个'坏'字上闯出来的。大事化小，小事化了，大爷不过贪图几个臭钱，谁想是做的好事？我这人真坏，苏寨主还比我坏得厉害，越是坏人的造化越大，只可惜我没有苏寨主那样坏，只得做黑虎寨的强盗眼线，不能做黑虎寨第一把大交椅。又可惜我的老婆没有养孩子的本事，我若有你这个女儿，早就送给苏寨主做压寨夫人了，谁耐烦听你说出这本天书？只要叫你女儿肯对苏寨主行个方便，不用求我在苏寨主面前行个方便。"

那小伙儿又接着说道："你这老头儿太不漂亮，我说句冯大爷不用见气的话，就是冯大爷被你说得软了，但我们寨主既差遣我来同你谈话，我就是苏寨主，你若不识苏寨主的抬举，向我们求情，冯大爷便依了你，只怕我这个依不得。"说着，便揎头捋袖，做出要打老头儿的样子。

老头儿流泪道："既然苏寨主有意抬举我的女儿，我姓宋的就将女儿送给了苏寨主吧！便是今天给你们打个臭死，苏寨主也会将我女儿抢进寨中去，没奈何，我只得扯断了这条肠子。"

那胖子同小伙儿听罢，登时都转换了笑容，小伙儿说："你这番讲的话就漂亮极了，将来你女儿给苏寨主掌着昭阳大印，你还是个老国丈呢！"

胖子笑道："将来你做起老国丈来，才想到我们坏人的好处呢！我们越发成全你，不用你送着女儿上山，我去请苏寨主，在三日后悬灯结彩，亲自带领几个儿郎，用花红轿子把你女儿抬上山去成亲。在你的颜面上，也添了不少的光彩，你以为怎样？"

老头儿连答应了几个是字，小伙儿便拿了一块银子，走到掌柜前面，当地向柜上一掼，说："茶费在这里算，剩下来的，就算茶博士的小账吧!"

三人便下得楼去。

玉兰眼见到这种情形，心里委实气恼极了，但表面上仍是不动神色，自顾在那里吃茶。等他们走下楼来，便叫过茶博士问道："这宋老头儿住在什么地方?"

茶博士低声道："就在这鲤鱼堡北去二里宋家墩，他家是有名的土财主。"

正说到这里，那掌柜的陡向茶博士喝道："你敢!你敢讲说什么? 我们开茶楼的人，有几个头杀?"

茶博士道："没有说些什么，只说宋老头儿是个土财主。"

掌柜的又向玉兰说道："客官是外乡人，正不配问我们这地方的闲事。苏寨主耳目最多，须不是好惹的。"

玉兰连声喏喏，喝完了茶，便匆匆下得楼来。茶博士便将她一把扭住说："吃了茶不给钱，你跑向哪里去?"

玉兰不由哑然一笑，因为方才心里打算宋老头儿的事，忘记还给茶钱。只忍气将茶钱给过，下得楼来，走出鲤鱼堡，远远便见一所规模很大的庄院。日间不便前去，到了夜间，看静悄悄的路上没有人迹，便到宋家墩来，看大门已经关闭，转到僻静地方，纵身上了屋脊，东张西望，星光下，看见一座红楼上面，荧然露出灯光来，有好几个人在楼上嘤嘤啜泣。靠窗下面有一树马樱花，花枝上挂着彩裙子，像似日间洗了晒着，晚间忘记收了的样子。

玉兰暗想，这当是宋家女儿的闺阁了，毫无疑惑，两脚在屋上点了点，风飘黄叶似的下了平地。

这当儿，便听楼梯声响，接着又是砰的一声，有个婢女从门外走出来，忽然看见个人影子，不由急道："黑虎寨有人前来抢小姐了！"

玉兰便回道："我是来救你家小姐的，不是来抢小姐的。"

那婢女仔细向玉兰望了望，转身入内。不多会儿，便见日间的宋老头儿出来，将玉兰请到关厅上，叫人献上茶来。那宋老头儿自言唤作宋铎，转问玉兰。

玉兰说："我姓名放在箱子里，没有带出来的。不瞒你说，我在升平茶楼上隐隐约约听了那些无礼的话，兀自放心不下，特地星夜前来，给你想想法子。"

宋铎因婢女说这人门不开户不破地竟到家中来，转怕是寨子里的奸细前来探听虚实的，便对玉兰说道："这件事宁可使我女儿受些委屈，总要请阁下顾全我们老夫妻的性命。"

　　玉兰指着他气道："胡说！我想不到这老头儿真是这样凉血。你若再同我支支吾吾的，看我这一刀结果了你。"

　　欲知后事如何，且俟第三回再续。

第三回

飞烙铁独镇黑虎寨
穆玉兰大闹落峰山

话说穆玉兰指着宋铎气道："胡说！我不想你真是这样凉血，你若再同我支支吾吾，看我这一刀结果了你！"

旋说旋从身边抽出冷飕飕、光闪闪的单刀来，向宋铎虚晃了晃。吓得宋铎倒退不迭，便堆着满眼的泪，向玉兰道："壮士且请暂息雷霆之怒，不是我顾惜生命，忍心将女儿置之死地，实则怕壮士是黑虎寨的奸细前来懊恼。"

玉兰便收刀入鞘，将他一把拉住，说道："并不能怪我性急如火，既然你要顾全你女儿的名节，凭我这个人，这副铁血心肝，总可替你筹划筹划，你尽可把这情形明白告诉了我。"

宋铎听罢，未开言，那眼泪越发流个不住，又将她仔细望了望，说道："我日间在茶楼上，看壮士是个斯文人的模样，想不到壮士就是我女儿的救命主。我只得将我女儿叫出来，谢谢壮士。"边说边起身入内。

玉兰也不去阻拦他，不一会儿，宋铎同他的婆子，将他女儿领出来。玉兰看他这女儿，约莫有十八九龄，面皮略瘦了些，眼泪汪汪，那肌肤容貌之间，到处都露出女孩儿家一种愁态来，向着玉兰福了福，低头坐在一旁。那眼泪简直同雨点儿般，从粉腮上直滚下来。

宋铎便向他女儿一指，用手揩拭着眼泪说道："我们老夫妻合起来有一百二十岁了，膝下只有我女儿雅宜，是我们心上的宝贝。这孩子真个惹人疼痛，小时候读书的天分极高，养凤凰似的将她养成了人，参画得一笔好画，作得一手好诗。本来我们这种人家，有田数千亩，亦足温饱，虽然这孩子不是我们的儿子，但我们在她身上却有极大的希望，满心想招赘个才貌兼全的男子，早给她系上一根红绳子。无如她的志愿极大，对于嫁人这样文章，她只重人格，不重才貌，非得由她心理上选定的人格，依得她的种种条件，她才如愿以偿。但是才貌兼全的男子甚多，若在人格上，依得她志愿的人实少。因此东也不成，西也不就，不知谢绝了几家禽雁。"

玉兰听到这里，不由拍掌叫道："好孩子，好孩子！"

宋铎接着哭说道："偏在这近三年来，落峰山上出了强盗，有个苏光祖，是外县的人，绰号唤作飞烙铁，啸集了几百喽啰，在落峰山建造一座黑虎寨，屯粮聚草，自大为王，官府都不能敢同他作对。倒是我们这地方有个冯士龙，外人在背地里唤他作花花太岁，原是穷光蛋，变成个阔佬，同飞烙铁苏光祖拜过把兄弟，很得我们周近地方上人的孝敬，就用地方上人孝敬这笔款项，提出五成去孝敬苏光祖，保管落峰山的强盗不来骚扰我们这地方上一草一木。在他们靠山吃山靠水吃水的人，说这样的办法，就叫作保险。

"苏光祖每年到我家中收保险费，他说一千，我们不敢还他五百。不知这东西从哪里看见我的女儿出落得还不错，就在苏光祖面前，夸说我女儿的面貌真如古书上所谓闭月羞花，所谓沉鱼落雁。苏光祖被他说动了心，遣着徒弟三王爷费云，同冯士龙投到我家中来，给我女儿做媒，送给苏光祖做个押寨娘子。

"壮士想，我女儿就是嫁，却要嫁个正正当当的人物，依得她理想的条件，她才肯答应，哪肯愿意嫁个杀人不眨眼的强盗？我夫妻爱女的心思也无微不至，宁死不肯将她推进火坑，糟蹋在一个强盗手里，只得婉言辞谢，谁知他们常来缠绕不休。

"今天壮士在茶楼上是亲眼看见冯士龙、费云那种杀人放火的神气，我若对他们再不答应一个'是'字，我死原没关要紧，并且我有了这点儿年纪，死也死得值了。徒死无益，他们一举手，仍得将我这女儿抢到黑虎寨去。

"我从茶楼回来，左思右想，委实没法，便同她们母女商议，直商议到这时候，我想了个主意，向她们母女说：'这地方万不能安身，看怎生对付这些瘟神，不如连夜收拾些细软金银，赶紧逃命去吧！'

"雅宜的母亲听了，说：'我们要去逃命，黑虎寨眼线最多，如何能逃得他的掌握？若不逃，到了三日以后，我女儿被他们抢去了，我女儿固然唯有一死，我们还休想有个活命。反正我们都是一条死路，苍天菩萨，这是怎样好？'

"我女儿说：'一死还再有什么大罪？从来象以齿

28

焚，麝以脐死，我父母若没生得我这女儿，我父母性命何至因我不能保全？我若生得如卖菜的姑娘一般粗蠢，肚子里又没有这点儿黑墨水，如何惹动黑虎寨强盗危害我这性命？死有什么大不了，一个人比这件事小得许多，也会准备一死的。我们与其忍辱偷生，就毋宁舍身而死。我在生前虽没对我父母尽全孝道，死后却依然骨肉完聚，我们还是一家人，估料那瘟神不能到泉下压迫我们了。'

"我听她们这些痛刺刺的话，越想越觉伤心，一家子人，只有哭泣，却又不敢哭出声，怕黑虎寨强盗的耳目众多，听到号哭声音，又发生意外变故，连死也不肯给我们一死。只是三人六目，涕泪横流，嘤嘤地啜泣。不想壮士前来，谢天谢地，这真是我女儿的造化。"

这番话不打紧，只把个穆玉兰说得半晌开口不得，闪动两个光映映的眼珠，死盯在雅宜身。好半会儿，却转向宋夫人说道："你们的事，我已想个法子放在这里，请你且将雅宜小姐带进去，我看她心里必很难过，连眼圈儿都哭得红了。你劝她不用伤恼，天大的事，有我替她担承，万一哭坏了身子，不是当要的事。"

宋夫人谢了两句，遂偕着雅宜走入里面去了。

玉兰又向宋铎道："我这一天点点酒饭没有进口，实在饿极了，好像有许多蛔虫在我心肝五脏里打起架来。有酒饭给我胡乱吃几口，我慢慢把这法子告给你听。"

宋铎忙令家人开上酒菜，玉兰一面喝着酒，一面对宋铎说出她的筹划。

宋铎听罢，迟疑了一会儿说道："哎呀！这事危险得很，请壮士还须从长计较方好。万一着了他的道儿，叫我们全家如何对壮士得起？"

玉兰放下酒杯，将头一扭说道："你说这样话，我很不愿听，你尽管依我主意做去，凭我的本领，去处置落峰山的跳梁小丑，还讲说到什么危险？人若怕我把事情做坏了，看我这把刀，可分开我的脑袋。"

说着，忙从身边抽出单刀，向脑袋上砍下。只听得当地作响，早吓得宋铎真魂出窍。再看她已把刀抽回了，那脑袋不但没有伤，连红也没一红。

玉兰笑道："我这把刀是千金的宝刀，若是寻常的兵器砍在我的脑袋上，早就砍卷了口。你看我这脑袋，不比金子、石头还坚硬吗？"

宋铎几乎惊诧得伸出舌头来，说："壮士真神人也！"

但他纵眼见这壮士的本领，不难制死苏光祖、扫平黑虎寨、保全雅宜孩子不致玷辱在强盗手里，却转怕这壮士别有存心，未能便能保全这孩子的性命。

宋铎思虑到这一层，纵有些怀着鬼胎，尚未相信这壮士真是他们全家的救命主。然事情已迫急到这样地步，没有良好的方法，也就照着他的筹划，暗暗告知夫人、雅宜，及家中仆婢人等，模模糊糊地做去。

果然过了三日，花花太岁冯士龙，着费云前来通知，说："苏寨主约在今夜来迎接小姐上山，冯大爷在寨子上照料喜事。"

宋铎应声不迭，款待费云的酒饭，请他回山复命去了。

玉兰见费云，便向宋铎道："赶快劝雅宜小姐梳妆，你这里可腾出个房间来，给我也装束好了。"

宋铎连声喏喏，看看天色将晚，宋铎便吩咐家中人挂灯结彩，俨然像似做喜事的模样，大碗酒、大块肉，都预备停当了。宋铎很是悬心吊胆，偕同两个仆人，到门外看时，这夜星光暗淡，看落峰山只在三四十里，层峦陡险，望去像很浓厚的黑云，遮掩眼帘，没见落峰山有人前来。

宋铎回到后宅，原来雅宜和壮士都已装束好了。这壮士在未改换女装以前，却也生就潘安的貌，可是一经换了女装，真个花样儿活、玉样儿温，还比雅宜出落得漂亮些。宋铎看了，转不禁欣然色喜。

　　忽听得远远锣鸣鼓响，早有两个仆人前来报告说："老主人快出来迎接，苏寨主看要来了。"

　　宋铎匆匆带着几个仆人，走到大门口，便听得一声炮响，远远有数十条火蛇，照耀得同白昼相似，风驰云拥，只迫墩上来。只见有好些短刀手、长枪手、刀剑手、旗牌手，头上都披红插花，前面一队喇叭，后面又接着一队锣鼓，有四五十个红纱灯笼，都提得高高的，照着那个大王，相貌甚是凶恶，满脸黑得同钢炭一般，一部络腮胡须，和竹兜相似，头上戴着铁顶英雄勒，高高地竖起一朵红绒球，身穿玄色锦袍，外披一件黑虎攒林英雄氅，手里拎着一根碗口粗细的镔铁棍，脚蹬粉底黑皮靴，胯下一匹鬅毛狮子乌骓马。马后有八个人，抬着一乘花红的彩轿，后面又有一乘小轿。

　　又是嗵嗵两声炮响，儿郎们早分开两边。苏光祖滚鞍下马，拎着那条铁棍，闪到宋铎面前，暴雷似的唱了个大喏，吓得宋铎用右手掩着头，抖抖地跪在苏光祖面前，口称："大王爷爷饶命！"

苏光祖忙将他扶起，笑道："那是小婿对你行礼，你是我的泰山，如何跪着我？"

宋铎方才镇定心神，将苏光祖迎到厅上，大碗酒、大块肉，已摆满了几张台子。

苏光祖哈哈笑道："酒我已吃过，泰山快将我夫人送出来给我瞧瞧，我不吃也饱了。这里的酒饭，赏给孩子们吃了吧！"

宋铎哪敢违拗。一面着人将喽啰们带进厅中，轮流饮酒食肉，一面便领着苏光祖到雅宜的楼上去。

不一会儿，苏光祖同宋铎出来，走到厅上，哈哈笑道："我的夫人算是千个里也挑不出这个美人儿来，但在字画上也看见过的。我夫人楼上那个丫鬟，不晓得她的爷娘是怎样一副标致面孔，竟会养出她这好模样儿，画也画不出她的好处来。若得这孩子随我夫人到黑虎寨去……"

宋铎道："小老儿是大王治下人户，大王喜欢这孩子，小老儿还敢扭一扭吗？就叫这孩子随小女去，侍奉大王左右。"

苏光祖大笑道："小老儿这个称呼，请泰山收拾起来吧！泰山再这样抬举我，就骂我是混账。若得那孩子随我夫人到黑虎寨去，我这身子就交给她了，哪怕她叫我火里火去，水里水去。"

一会儿，喽啰们用过酒饭，厅上擂鼓鸣锣地奏起乐来。轿夫抬进花轿，看雅宜泣别了她的母亲，坐上轿子，又将那丫鬟拉进一乘小轿。接着听到嗵嗵嗵三声炮响，苏光祖向宋铎拱拱手，走出大门。

那两乘轿子已抬到门前禾场上，小喽啰摇旗呐喊，都换过灯笼里的蜡烛，排成队伍。光祖跨上鬈毛狮子乌骓马，拎起镔铁棍，随在轿子后面，一路上好不威武。

回到落峰山，已是四鼓天气，早听得山上一声梆子响，早有山上的小头目，如冯士龙、费云这班坏蛋，领着把寨的喽啰，从山坡上迎接轿子上山。一时鸣鞭放炮，好不热闹。

光祖到了黑虎厅上，略陪着众头目吃了几杯，看天时已是不早，便向众头目一拱手，早有喽啰拿了纱灯，领着他到新人房内。只见那个新人盛妆坐在床沿，随着他到新人前来的丫鬟已不见了。问明房里的丫鬟，都说："方才是看见的，现在已到姑娘房里去了。"

苏光祖且不去再理会她，便向众丫鬟挤眼色，做手势耍子。众丫鬟都明白大王爷情急了，一齐退了出来。

苏光祖见丫鬟都不在房里，起身将房门关了，看房里燃着一对儿手臂粗细的红蜡烛，上面如吐了一朵莲花，隐含着几分醉意。而在这烛光之下，伸手给新人去了盖头。看她的容光，比在她家中所见更觉美不可状。

苏光祖细看新人的面貌，几乎连屁眼都笑开来，走到案前，放下镔铁棍，除去铁顶英雄勒，卸去黑虎攒林英雄氅，脱去锦袍，解开里面的衫袄，回身看新人仍坐在床沿。看她那娇痴满面的容光，究猜不到她心里是苦是甜，是忧是喜。便在新人身边坐下，将她抱在怀里，便觉得一股异香触鼻，不禁筋酥骨软，根根毛孔都开，心想，这新人太娇瘦了，我若鲁莽些，须不是耍的。一面想，一面给新人脱衣解带，精赤条条，绝似一幅杨妃出浴图。打算将新人搂抱入帏，要怎样地对她温存体贴。新人已放在被里了，苏光祖也将靴裤脱去，喜喜欢欢地钻入被来。

忽然那新人哭起来了，说："我不是到这里来做梦吗？"

苏光祖听得新人的声音，仔细再向她脸上望了

35

望，倏地从被窝里直跳起来，哇呀呀大叫一声，也不顾得穿裤，跳下床来，将门放开，口里大叫道："这是打哪里说起？不……不……不好了！"

厅上众头目正在那里吃酒，听得苏光祖这声怪叫，正不知是出了什么变故，放下酒杯子，一窝蜂地拥得前来。

其时外面的丫鬟早先闻声而至，看苏寨主一丝不挂，都羞得跑了。众头目进房，看见苏光祖这样神情，已是惊讶不小。再向那床上的新人看时，大家你望着我，我望着你，真是笑不能，说不能。

欲知后事如何，且俟第四回再续。

第四回

变戏法强盗入牢笼
化凶顽美人谈戒律

原来穆玉兰在宋家墩的计划，准备装作丫鬟，伴着宋雅宜到落峰山去，在新人房里，模仿《水浒传》上花和尚对待小霸王的办法，略加融汇，先将飞烙铁苏光祖降服了，或处死他的性命，其余党羽也就不难立即歼灭。谁知天下事定法须不是法，事到临头，却又换了一个计较，你道是换了什么计较呢？

苏光祖有个同父异母的妹子，花名唤作玉瑛，比苏光祖小得十八岁，论她和苏光祖的相貌，妹子白得像羊脂玉那样白，哥哥黑得像锅底烟灰那样黑，一个老子却生出这样黑白不同的两个结晶品来，这其间的巧妙，在现在固值得生理学的研究，在那时却令人不可思议。

苏玉瑛因她哥哥今夜要成就天造地设的一件好事，便来到新人房里，毕竟看看这新人的容貌比我更何如。及至到得新人房里，玉兰见众丫鬟都唤她姑姑，就知道她是苏光祖的妹子了。

苏玉瑛看见玉兰这种好模样儿，转不去看新人，只将一双秋波在玉兰面上闪转。玉兰被她两眼盯在脸上，一闪一闪，早又计上心来，暗忖，我从平治红莲教后，向没有用过法术取胜于人，这是我自信平生的本领，可以对付一班欺人生事的强徒，犯不着使用什么法术。倒是今天看了苏光祖的妹子，我何不使着献身法，且拿苏光祖开一回玩笑？心里转了这个计较，转将个脸掉了过去。

玉瑛因她们做丫鬟的没有上过大阵仗，看了大王爷的御妹，羞涩自是常情，也就不再去理会她，便走近床沿，将新人仔细端详。

就在这时候，忽然觉得昏昏糊糊的，觉得目无所见，口不能言，就在那里打了个哈欠，像似一些人事都不知了。雅宜却也在这时候，忽然身躯动了动，再仔细看时，自家已不是新人的装束了，心里有些诧异。

玉瑛的丫鬟看见姑姑这个哈欠打出来，便扶着她回到房中睡歇。

玉兰知道这件事已有一半成功了，便托一个丫鬟领她到姑姑房中见识见识。那丫鬟因她是大王爷心爱的人，便领她到姑姑房里去。

玉兰遂向姑姑房里丫鬟及领来的丫鬟说道："你们且到新人房里去看热闹，有我在这里侍候姑姑，是不妨事的。"

两个丫鬟看姑姑真个睡了，巴不得她有这样的话，便一齐转到新人房中来。及至苏光祖将众丫鬟支遣出新房，姑姑的丫鬟便也回到姑姑房中。再看哪里有个宋家的丫鬟呢？岂知玉兰在这时候，已借用隐身法，将身躯隐在一旁，暗中作法，又准备戏弄苏光祖了。

苏光祖觉得怀抱中的新人转眼间已不是宋雅宜，听她那样哭声，早急得暴跳如雷，六神无主，匆忙间忘记穿扎衣裤，下床开了房门，一声怪叫，竟将他父母的遗体给大家看了个饱。

众头目那时再向新人床上看时，那新人的衣服都脱了，放在被上，翻掀得同乱柴堆一样。看是连贴身的小衣及抹胸都脱完了，那个新人露出很娇羞的容颜，只是嘤嘤地哭。众头目多不认识雅宜是个甚模样儿，但从那新人相貌一看，就认出是大王爷的妹子了。大家拉着苏光祖穿齐衣裤。

光祖看众头目都在这里，黑脸转羞成个红脸，便向玉瑛安慰着道："妹子不用啼哭，哭也无益，好在妹子醒得快，总算是造化。"

旋说旋又对众头目道："这件事很古怪，孤家今夜没有喝醉了酒，两眼乌溜溜的，并未放花，哪有认错了人？这宋家的孩子，是到哪里去了？孤家想她未必有这样偷天换日的手段，看宋家的贱丫头说的一口云南话，听说云南红莲教的妖术多有这样偷天换日的能耐，这贱丫头怕是红莲教的一流人物，胆敢前来戏辱孤家。若不杀此贱丫头，怎泄去我胸中这口鸟气？"

冯士龙道："我每年到宋家去收保险费，没听得宋家有个云南的丫鬟。就是今年看见雅宜姑娘，若是看见她的丫鬟，比雅宜还漂亮，早在寨主面前说出这个丫鬟来了。"

苏光祖听了骂道："杀头的，你何不早说？你在适才时间，若说没看见宋家有个云南的丫鬟，生得怎样标致，孤家早有了防备，何至闹出这天大笑话？简直把黑虎寨的大王爷，被这贱丫头戏弄得连猪狗都不如了。都是你们这些混账东西，马前不放炮，马后倒放个屁。不看在平时兄弟义气分上，就叫你给我滚蛋，滚蛋，滚你娘的十七八个蛋!"

冯士龙碰了这个钉子，只没有地方泄气，这股怨毒却结在宋铎身上，便拿出军阀时代，小老爷见上峰官的态度，向苏光祖赔罪道:"是我错了，不过我想这件事，宋老儿总该知道的。请寨主点齐大队人马，杀到宋村去，把宋家全家宰杀了，才泄得寨主胸中的毒气。"

苏光祖咬了咬牙齿道:"怎讲，你这怎是汉子讲的话? 这也怪孤家瞎了眼，同你们这些囚攘养的交好，丢尽我祖宗十七八代的面子，不但是瞎了眼，简直是屎迷了心。孤家这半辈子尚是童男身体，也没有烂掉了鸡巴，要你和这姓费的小厮串通一局，把宋老儿的姑娘说得同天上玉皇娘娘一般。孤家才是这样模模糊糊的，像是屎迷了心。看孤家的名气坏，却坏在你们这些囚攘身上，把孤家弄得连猪狗不如，你们又连孤家不如了。宋老儿没有欺负孤家，你想孤家怕擒不住妖人，转去欺负一个老儿? 你就失笑孤家太不值价，还算什么朋友? 依孤家使起性子，就该提起这根棍子，将你这囚攘的打了个稀烂。闲话少说，把胆子放大些，随孤家去捉妖人，不可吃他逃跑了，好同他算个总账。"

冯士龙哪里还敢多说？只不知妖人在什么地方。

苏光祖已提了铁棍，领着众头目，一路呼哨。刚走到玉瑛的房里，忽见有道白光，在面前一闪。苏光祖举棍舞时，那白光已转到他身后去了。苏光祖一个转身，忽听得冯士龙、费云的声音，同时哇呀叫了一声，刀光闪处，两人的人头都滚在地下，尸首僵卧在血泊里，鲜血溅在人身上，哧哧发响。

众头目都吓得呆了，三十六着，也就只有走为上着。

苏光祖再看哪里有什么刀光呢？连个人影子都不见了。

苏光祖高声喝道："妖人在哪里？暗中杀人，不是好汉，快快显出面目，和孤家决个胜负。"

这话才了，就听得很松脆的声音应道："来了！"

应声才歇，眼前便现出个丫鬟模样的人来，一瞥刀光，早迎着苏光祖头顶劈下。苏光祖一个溜步，将镔铁棍架住了，那把刀当地作响，却砍在苏光祖的铁棍上。

那丫鬟把刀掣回，借着刀的光芒，看那刀锋似乎没有损坏。好快，那丫鬟才把刀掣回，苏光祖早劈面一铁棍，向那丫鬟搂头打下。那丫鬟并没还手，站在前面，纹风不动。又听得托地作响，苏光祖打算这一棍打下来，必将她打个粉身碎骨。谁知铁棍打在她的头上，便直跳起来，看她仍动也不动。

苏光祖早识她这是大刀衫法，这功夫极不易学成，学成了功，就有千金质量的东西，都不能打伤她分毫。又觉得举棍的那只手有些麻痛起来，连虎口几乎都震裂了，这才吃了一惊。

那丫鬟便高声喊道："住手！你有话，尽管说明了再打不妨。哈哈！你这毛贼真好大的胆量，敢在爷爷面前动武！"

苏光祖翻起两个眼珠问道："你不是宋家的丫鬟，怎的扯谎说是男子？你欺辱了孤家，不打死你不甘心。"

那丫鬟便提高嗓音说道："你这东西，还说戏辱你，这是我成全你的，我若不成全你，你们兄妹俩就糊糊涂涂早做出风流无耻的事体出来。依我性起，今天本不当再成全你的性命，不过我听你对冯士龙讲的那番话，也像煞有点儿道理，我这把刀才肯对你留点儿情分。就是我戏辱你，你日后也该回头醒悟，今夜的事，由你惹出来的，是我预先显个报果给你看，你总不能恨我。"

苏光祖听她这番话，不知怎的，心里便真个醒悟起来，撇下镶铁棍，扑地翻倒虎躯，便向那丫鬟纳头剪拂。

原来江湖上人下拜，都说剪拂，就因拜与败同音，要图个吉利的意思。

其时天色已晚，苏光祖剪拂起来，说："我不是糊涂虫钻到脑子里去吗？从做了强盗，杀人放火，不算稀罕的事，到头总该有个报应。姑娘这样提携我，我是不敢再想嫖女人，连强盗也不做了，将来只做个大和尚。"

那化装宋家的丫鬟穆玉兰听了，不由向苏光祖呸了一声道："你们这些人，真是傻子，口口声声还说我是姑娘，是疑惑我扯谎不是男子，你说什么嫖女人，这些话若对姑娘说出来，那还了得？幸我须不是姑娘，没被你说得翻红了脸。"

苏光祖道："当真你是个男子吗？好极了，不过你交给我个证据。"

玉兰笑了笑，便将苏光祖带到玉瑛房中，说："证据在这里。"

苏光祖看玉瑛床上睡着个女子，不是宋雅宜是谁呢？

原来雅宜当苏光祖在新人床上跳起的时候，同时和玉瑛都醒过来了。玉兰便对她说明自己的真本领，现在另换个好的计较。雅宜将信将疑，及见玉兰同苏光祖进来，由玉兰先对她说明缘故，玉兰也只得对苏光祖把这其中的关节含羞带涩地勉强说了一遍。

苏光祖一面令几个丫鬟分头劝慰雅宜、玉瑛两人，一面令喽啰将冯士龙、费云的尸首殓埋入土。便将玉兰请到赤虎厅上，啸集了一众头目，都来向玉兰唱了个喏，苦苦向玉兰追求姓名。玉兰便托说姓李，名友兰，是河南嵩山人氏，流落云南，并非云南本籍居民。

苏光祖道："我的哥，你莫非是河南嵩山大刀李老英雄的公子吗？旁人就有哥这样法术，也没有哥这样本领。"

玉兰扯谎道："你这一猜，倒猜个正着了。"

苏光祖拍手叫道："我早听得哥的大名，传说是一个鼎字，江湖上人真是以讹传讹，做梦想不到哥唤作友兰。兄弟素仰哥的本领，只恨无缘领教。前几月间，曾打听哥到南方访友，我听了好不欢喜，以为总

45

该和哥有会面的机会，天幸有缘，今天给我遇见了哥。我不想做和尚了，大家义气为重，我们这座山头虽及不上晁天王的梁山泊，地势却也险峻，没有官兵前来懊恼。但我们多是混帮的强盗，不懂得清帮强盗的道理，所做皆是杀人放火的事，难得有我哥前来，算我们这山寨子救星到了。兄弟的意思，要将寨子里全部事务卸给我哥身上，全听哥的指挥。还有一件事，要仰求哥的苦情。"

玉兰道："兄弟虽不做强盗，但知道在江湖上最令人畏服的汉子，都能讲说一个道理。兄弟在势不能在这地方落草，寨主便抬举我也没有用处。不过兄弟有几句忠告，要望寨主及头目留神一点儿。"

苏光祖道："哥有什么话？快说！"

玉兰道："天生你们这样神骨骝筋的人物，不做强盗，便是没饭吃、没衣穿、没事做、没路走，要知强盗是国家不平的制法制造起来，谁生成便做强盗？"

苏光祖大笑道："哥的话如同拿着这条镔铁棍，一棍打到兄弟心坎里。我们这种人，若不做强盗，真是没饭吃、没衣穿、没事做、没路走了。"

玉兰道："做强盗当然有做强盗的道理，但我相信世间没有杀人不眨眼的强盗得了好下场的，你们既在这山上落草不是一日了，论理你们寨子里应该很富足了。"

苏光祖道："兄弟生性挥霍，财物到手，就使用完了，山中并无储蓄。"

玉兰道："苏寨主，我看你们都是英雄人物，地方上搅乱得鸡犬不宁，一半由许多无赖的地棍，假借你们名义，做下案件。你们自己做下无法无天的事，又代那些狐群狗党受尽骂名，此时还不悔悟，更待何时？"

苏光祖听了，举了个拳头，狠命在头上打着，顷刻间打起个老大的疙瘩来，说："我的哥，你讲的怎么不是？岂独地方上的痞棍坏我名气，便是我几个徒弟，也有一半狐假虎威，叫我替他们受过。依我的主见，不若大家就此散了吧！"

玉兰道："我说做强盗有做强盗的道理，劝你们及早悔悟，要整顿山寨子里规矩，并非叫你们散了伙，不做强盗；并且你们这些人，除去做强盗，东飘西荡，也不是个长策。我给你想着五条戒律，若有违犯这五条戒律的人，你是山寨之主，该当公事公办，点点不得通融。第一戒妄盗良善一草一木；第二戒奸淫人家妇女；第三戒横索百姓钱财；第四戒妄杀无辜；第五戒唆使卖友。如有人违犯这五戒中的一戒，即当枭首示众。便是寨主自己犯了戒，也不能曲情徇私，使戒律归于无用。你们只依着这五戒做去，日后若官府有招安消息，你们便不再做强盗了。我对寨主的忠告，只有这几句话，即日我要带着宋雅宜小姐回去，请就此告别。"

苏光祖道："哥且慢去，兄弟曾说有一件事要仰求哥的苦情。"

毕竟苏光祖说出什么事来，且俟第五回书中再续。

第五回

意绵绵痴儿说疯话
情切切玉女害相思

话说苏光祖当下便向玉兰说道："兄弟是个没有涵养的汉子，有句话搁在肺腑里，不说出来，便觉得不痛快。兄弟的玉瑛妹子，这番蒙着莫大耻辱，在兄弟是感激我哥提携我，还感激不来，若怀着鬼胎，那就是混账。就怕我妹子是孩子的性格，受了这样耻辱，断不肯和我哥轻易罢休。依兄弟愚见，不若我们做了亲，将玉瑛妹子配给我哥，这怨毒也就一消百解，不知哥的意思怎样？"

玉兰听罢，很抱歉地说道："兄弟素来的性格，所恃白铁所凭，就是这一腔热血，向没有用着法术害人，造下弥天罪过。兄弟的罪过，自知不能隐讳，幸得老哥知道兄弟，若是换一个人，如此得罪了哥，其将以兄弟为何如人呢？令妹受了这样耻辱，便是兄弟身当其境，也不肯轻易谅解。承寨主的盛情，如此厚待兄弟，人非草木，焉得不百拜领谢？无如兄弟已有了亲事，将来定给令妹选择个乘龙婿，倘若令妹不肯和兄弟罢休，日后相见时，兄弟只有让她，绝不肯伤害令妹的性命。"

苏光祖见她的神气非常坚决，也就不用多说。当日便令两个丫鬟，服侍雅宜同她下山。

穆玉兰回到宋家墩上，宋铎夫妇及仆婢人等已躲在亲戚家中去，暗地着人在宋家墩探视消息。听说雅宜同寨子里两个丫鬟均由那壮士领着到宋家墩来，宋铎夫妇听了，好不欢喜，一齐回到家中。大家说明缘故，宋铎打发两个丫鬟回去，接着苏光祖派来十来个喽啰到鲤鱼堡驻下，名为保护鲤鱼堡的安全，实则防冯士龙的狐群狗党对宋家有强暴的举动，这也不在话下。

且说玉兰当日在宋家换了男装，便对宋铎说道："我有事要到安徽一行，至迟不过一月要来看视雅宜小姐的。"

宋铎感谢不迭的，临行的时候，送出一包金条银锭。

玉兰笑道："老丈以我为何如人？我是凭着这铁血的心肝，成全小姐的名节，若有别种存心，我可对天发誓。老丈要我收下这些东西，就把我看得连这些东西不值了。"

宋铎没法，也只得依从她的意思。接着有个丫鬟出来，说："小姐身边佩着一对白玉鱼，因李老爷救了她的性命，特叫小阿奴取一只来，送给李老爷，略尽她的意思，李老爷千万不能推却。"

玉兰看那只白玉鱼，虽不是美玉制成，但雕琢得异常玲珑精巧，却之转觉不恭，没奈何，只得收在身边。从此到了安徽黟山，见过吴小乙的娘，叙述李鼎在罗珉山桂仙祠跟随悟因学习内乘功夫的缘由。

小乙的娘听了，问道："小姐是云南女侠穆玉兰吗？真个闻名不如见面，见面胜似闻名。"

两人谈叙得甚是投机，忽见有个人东敧西倒地走进来，向小乙的娘叫了声母亲，又问："这位公子爷是打哪里来的？看他比方家兄妹的面孔出落得还漂亮些，在孩儿眼中所见，要算是天下第一美男子了。"

小乙的娘便叫了声小乙道："这是你表兄的朋友，他也姓李。贵客到此，你没知道请教，你敢是又在哪里灌醉了，看你这耳根都是红红的。"

小乙便向玉兰行了礼说："李公子难得到舍下来，我要去打壶酒，和李公子拼个三杯。"

小乙的娘呵斥道："李公子不吃酒，用不着打酒给他吃。我问你，你今年看是要到三十岁了，你可想娶个老婆不想？"

吴小乙兀地跳起来笑道："孩儿又不是疯子，哪个人不想娶老婆，除非没有卵子。孩儿已活在世上二十九岁了，算我懵懂，难道连个娶老婆也懵懂得毫无知觉？不瞒娘说，孩子若多灌了几杯黄汤，东山走，西山闯，看见人家做喜事，我不知道我的小心窝里何以便有些痒痒的。前几天，山上有个姓秦的，便促狭捉弄孩儿说：'我们山那边有个许家的小姑娘，她的年纪比我小十二岁，长得一副好苗条身儿，两道眉毛，乌溜溜的。'我就瞒着娘，请了媒人到许家去说合，要想小姑娘做我老婆。不料那姓许的对媒人讲说，我喜欢吃酒，使枪弄棒的，是个下流东西，家里又穷得很，哪里能有五十两金子的聘礼，便不肯答应。唉！有了金子，吃酒使枪弄棒都不计较，没有金子，又是说出什么下流东西来了。"

穆玉兰笑道："你的话要把我肚肠子笑断了，你

52

如果要娶老婆，你要依我。"

小乙拍着胸脯说道："你是我救命星，我怎么不依你？"

玉兰笑道："这女郎生得白晶晶的脸，笑眯眯的眼，红猩猩的唇，嫩纤纤的手，是寨子里大王爷的妹子。我想给你做媒。"

小乙听了，转咕哝着嘴说道："你又来使促狭，寻我的开心了。我一辈子不娶老婆，也不要强盗的妹子。李公子，我不！"

玉兰又笑道："你敢小觑她吗？有人曾给她对我提媒的，我因有了妻子回绝了，难道这女郎就配不上你？"

小乙道："你嫌她是强盗的妹子，不要她做老婆，难道我就因她生得标致，准许你做媒的话？李公子，我不！我是一口回说一个不字。"

小乙的娘道："痴孩子，又发疯话，婚姻总有定数，是你的老婆，总该是你的老婆，吃了酒，还不去睡觉，要你在这地方哓舌？"

小乙只得嗫嚅而退。

玉兰同小乙的娘又谈叙了一阵，听小乙已在房里打起呼噜来了，小乙的娘道："我这孩子，也学得一点儿武艺，平时使枪弄棒，并非是他显出的真本领，虽有三九之年，而天真烂漫，尚不脱一团孩子气。他的婚姻，凭老身的三字金钱算来，却在苏小姐身上。以后要请小姐曲为成全，俾吴门得延一线之续，老妇便感恩不尽。"

玉兰答应不迭，辞了小乙的娘，回到贵州青龙关宋家墩来，准备在宋铎口中探听落峰山强盗的行径毕竟怎样。入门便听得里面传来号哭的声音，简直像号丧一样。玉兰只不知又是发生什么变故，走入中门，尚没遇到一个婢仆可以问明里面的消息。

忽听得里面有人说道："装殓的衣服有没有做起来？小姐已经昏晕过两次了。"

玉兰听了这两句话，撒脚直向里面跑去。忽见有个老婢，泪流满面地走出来，蓦地看见玉兰，拍着手叫道："好了好了，姑老爷来了！可怜小姐躺在死人床上，想姑老爷见面呢！"

玉兰走入内室，看那里挤了一大堆人，哭个不住。那仆妇高声又叫道："姑老爷来了，小姐可有活命了！"

宋铎夫妇坐在床边，看雅宜气息奄奄，只顾在那里痛哭。忽地听说姑老爷来了，像在半空掉下龙蛋一般，宋铎便来拉着玉兰说道："姑老爷来得很巧，我这薄命女儿，看要憔悴死了，你来同她谈句话，也了结你们夫妻一世之好。"

玉兰听他这话，也不禁流下泪来，走到雅宜身边，看她两颧红得同喷火一般，脸上瘦得剩个骨头架子，直挺挺躺在那里，看是出气多入气少了。

雅宜从昏糊之中，似乎听得有人说姑老爷，睁眼一看，姑老爷已到她面前来，心里有许多话，只说不出，勉强用手拉着玉兰的手，指着她自己的心，把头点了点，好半会儿，才吐出颤巍巍的低微声音说："你来得好！"

宋夫人道："好了，好了，我的儿已能开口说话了。"

旋说旋又向玉兰道："我儿从落峰山回来，曾在我面前感激贤婿的大德，可算是天地间的大英雄、大豪杰，并且同贤婿有同房之嫌，愿以终身服奉贤婿枕席。贤婿要到安徽去，她便同我商议，送给贤婿一只白玉鱼，蒙贤婿慨然收下了，这孩子打算她的终身有了着落。及听她父亲对你没有露出丝毫的意思，心里转不由因恨成痴，转痴作想，茶饭都不肯沾唇。

"我们夫妇只当她是害病，请医下药，医治她的病症。谁知单是因为自己的终身，就因她父亲没对贤婿说明，怕是靠不住，心里只有闷恹恹的，本来没有什么病，一吃了那些方药，倒请出浑身重病来了。直到昨夜第一次发晕，醒来才说明她的意思，并说贤婿要算是活神仙，不遇活神仙，她的坟茔上早已长了草了。无如她的福泽极薄，虽有活神仙，终挽救不了她的性命，死后倒欠下一笔相思债。

"我们听她的话，好不酸楚。你的泰山简直要拿一根绳子去上吊，说他当时没同贤婿订明婚约，害了我的孩子。

"今天这孩子又发过第二次晕，难得贤婿前来，不妨对她说几句体己话儿，也不枉她为你这个人害相思病想死了啊！"

玉兰听了沉吟道："我没有对她露出自己的本来，惹她一缕情丝飘摇无定，竟是奄奄待毙，病到这个样子。我这时若不对她说句安慰心灵的话，正所谓：'我虽不杀伯仁，伯仁由我而死。'不是我害了人家孩子？"

双珠一转，胸中早已有了成竹了。便支开仆婢，向雅宜说道："既然丈人、丈母都答应小姐的话，我何能虚慕贤名，辜负小姐的一番情爱？小姐病了，我

56

的心痛了，病在小姐身上，却痛入我的心坎，请小姐保重玉体，我们不能生则同衾，也愿死则同穴，不能同年同月同日生，也愿同年同月同日死。"

玉兰只向雅宜说这几句痴情的话，但见雅宜嘴唇翕动了一下，现出微微的笑容来，说："我不知要对你怎样感谢，只是四肢软洋洋的，不能随从我的心愿。到这时候，也不用害臊，尤其是对你们胸怀磊落的人，更不应说出什么害臊的话。我若得你谅解，请你在这地方看视我的病症，我们是聚一次是一次。哎呀！丫鬟在哪里？我肚子饿得凶，喉咙里要钻出虫子来了，快拿一碗粥汤给我吃。"

宋铎夫妇见雅宜不进茶水，差不多已五日了，忽然听她要吃粥汤，这一喜，真是非同小可。玉兰看她如此显明的变化，大体不拘地叫个丫鬟煨好粥汤。

丫鬟把一碗粥汤才端进来，便又听雅宜急道："好一阵阵粥香，李郎，快喂给我吃，再迟怕要饿死了呢！"

玉兰听了，笑道："这是胃气大开的缘故，小姐的病，看要渐渐好起来了。"

旋说旋端过粥汤，一口一口喂给雅宜吃。看吃了半碗，还说着要添。

宋铎夫妇也笑道："好了好了，这米粥比什么灵丹妙药都还灵验。"

玉兰喂过雅宜两小碗粥汤，看她身体已能转动了，便唤来几个仆婢，将雅宜抬入房里安置。宋铎吩咐把装殓的衣料焚化了，玉兰看雅宜的病一天一天好起来，不到半月，居然恢复她的健康，曾向宋铎问明苏光祖近来的名气真好，较一月前大不相同，山中很杀了几个人。玉兰暗暗惊异，并且鲤鱼堡驻防的喽啰，听她前来，曾拨人到山上送信。苏光祖亲自来请玉兰，背地同宋铎窃窃私议一阵。玉兰也不知他们说些什么，看雅宜的面庞比初次见面时还腴润些，便也放下心来，随宋铎到黑虎寨去。

路间苏光祖向玉兰说道："前次兄弟要将小妹许配了哥哥，说已有了亲事，兄弟也想到哥的夫人就是宋家小姐，只恨冯士龙那厮没将这话对兄弟说明，叫兄弟得罪了哥，好不惭愧死也。"

玉兰暗暗向他说道："你是个爽性人，我不能再对你说弯曲话，宋家小姐并非我未婚妻子，我的姓名叫作穆玉兰，不叫作李友兰。河南大刀李的儿子李鼎是我的朋友，李鼎自叫作李鼎，并不叫作友兰。寨主要将令妹许我，试问我是个女子，如何能答应寨主的

58

话呢？只是这件事机密得很，请寨主不能对第二个人说出。"

苏光祖道："原来如此呀！我明白了，你的大名，在江湖上无人不知道，你是个女中豪杰，今日你肯对我说这样抽心的话，我想起来就要对你叩三个头。你的话说入我的耳里，记在我的心里，你是个什么人，吩咐我怎样，便打死我，也不肯对第二个人说出来。只是那宋家小姐，这相思病是白害了。"

玉兰道："宋小姐只爱我的为人、我的品格，又因我对她有这点儿情感，竟因我而害病。我若卸掉了伊，必索伊于枯鱼肆中了。以后伊若知我是个女子，我给她选个人格好、品貌俊的乘龙夫婿，她这颗芳心也算有了着落。不过我在众目睽睽之下，不能将我行径对她说明，只得含糊答应，好安慰她一颗脆弱的心灵。如今伊的病势已好，稍缓几时，我自然要吃伊一杯喜酒。"

苏光祖道："我妹子的喜酒，你还没有吃，又想吃宋家小姐的喜酒了。"

玉兰道："这两人的喜酒，看都要吃在我身上。寨主尽可放心，我不是轻诺寡信之辈。"

苏光祖道："我只当你是我的同胞妹妹，什么话都得告诉你。从你在黑虎寨动身以后，我有几个徒弟，很在我面前说你的坏话，劝我等你再来时，用毒酒谋害你的性命。看他们胆敢对我放屁，便气得直跳起来，向他们骂道："李友兰纵戏辱孤家，说一句酸话，正所谓君子之过，如日月之食。孤家知道他平时很正道，想报答他，还算个汉子。你们这些东西，竟然放这个屁，比人家戏辱孤家还难受，这纵由人家给我五条戒律。虽然你们不能明目张胆做下奸淫不法的事，转来在孤家面前唆使，谋害好人性命。你们违犯第五戒唆使卖友的条律，就不能怪孤家。人有师徒交情可讲，戒律没有师徒交情可讲。'我说完这几句话，一声令下，孩子们早将这几个徒弟绑上断头台了。"

欲知后事如何，且俟第六回再续。

第六回

女侠盗大闹成都城
老英雄夜入竹林寺

话说穆玉兰听苏光祖说完这话，便道："怪不得宋老翁对我说，山寨里杀了几个人，你的名气却渐渐好起来了。"

苏光祖道："恨我当初太不识相，不知误交多少坏蛋，误收多少匪徒，得罪了江湖上的好朋友。我从前的名气都坏在这个'误'字上，大家知道我禀性极刚，心肠极软，即如你给我定下五条戒律，也有阳奉阴违，以为违犯了山寨里戒律，未必便是砍头的罪。从这几个徒弟砍头以后，他们都畏服我，我的命令出来，却没有人敢违拗。半月以来，做事倒也顺利。江湖上的好朋好友，都说苏光祖的脾气变好了。只有我这玉瑛妹子，平时为人很古怪，胡乱也练习得点点本领，她听说你的夫人便是宋家的雅宜小姐，她要我同你商量，情愿做你的姨太太，什么话都收拾起来，如果此事不成，同你有火并的时候。这纵由你本领好，她才肯随你做姨太太，把往日的私愤冰消瓦解。若是换了第二个人，她做大太太还不满意，岂肯做人姨太太呢？你不能收她做姨太太，这事情就糟了糕了。"

说话时，已到落峰山坡这下，苏光祖将穆玉兰请到厅上吃酒，便有玉瑛房里的丫鬟到黑虎厅来，低声向苏光祖说了几句。

玉兰也辨不出说些什么，但见苏光祖伸手把顶心发搔了搔，皱着眉头说道："怎么办？这事已没有希望了。"

那丫鬟去不一会儿，忽见玉瑛戎装短袖，手里拿了一把单刀，闪到黑虎厅上，真是柳眉倒竖，杏眼圆睁，向玉兰咥喝了一声道："冤家相见，不是鱼死，便是网破，不是你死，便是我活！"

苏光祖一看不好，急向玉瑛喝道："二丫头，安敢对李阿哥无礼，好没有点儿规矩！"

玉兰也起身向玉瑛赔笑道："那夜可算是我错了，乞小姐恕我无礼。"

玉瑛流泪道："我哥哥喝阻了我，我没动手对你，就算我受你的委屈，你还以为不足，要来当面奚落我。我们再见吧！"说着，气冲冲地走出厅外，纵身上了屋脊。

厅外的喽啰有看见他从屋脊闪到后山岩，再一转眼，已不见去向了，便到厅上来报告。

苏光祖听了，顿足急道："可恶的丫头，点点气量都没有，竟逃得走了，真是见笑老大哥，这总怪兄弟教妹无方，才养成她这样乖戾不驯良的性子，实是对不起哥。她走了，日后败在哥手，死也好，活也好，这是她自作自受，只是她的志向很坚耐，心思很细密，万一日后损伤了哥，叫我再有什么脸能见得江湖上的好朋好友？哥的本领虽高，法术虽强，遇事倒不可不先防她一招。"

玉兰听了，心里懊悔得很，不知再对苏光祖说出什么抱惭的话才好。

这当儿，又听得屋上有些作响。玉兰疑是苏玉瑛回来同她拼命了，接着听得有人唤声："来了！"两字才叫出声，即见凌空闪进一个土头土脑的老者来，看他很带傲慢的神气，两只光芒四射的眼睛，在厅上扫了个遍，如像寻找什么人似的，一眼看见玉兰，似乎

63

要寻找的人，已寻着了的模样。

这时，苏光祖和厅上的头目都起身请那老者吃酒。那老者理也不理，指着玉兰向苏光祖问道："这位是几时来的？"

苏光祖垂手弯腰笑道："七太爷到敝寨有何公干？认得这位是谁？"

那老者冷笑了一声道："你们山寨子人做的好事，倒来问我有什么公干，如何要来寻她？呵呵，容你们这些东西在绿林中混，竟闹到我七太爷面前来了。你们在贵州，我在四川，向来都是桥不管桥，路不管路，此刻四川还是个四川，并不曾变作贵州，就是你们要在我那里作案，不妨事，总该我是主，你们是客，事先也得向我打一声招呼。我说这案子能作就作，我说不能作就不能作，总不应该糊糊涂涂地要栽我老头子一个跟斗。

"老实对你们说，这一月间，在我们四川城里，接连发生了十来起巨案，第一夜是王绅士家，门不开户不破地来了两个女强盗，掳去王绅士家绣鸾小姐，共劫金银珠宝有四五万，这一层案子弄下来，已经够麻烦的了。谁知在第二夜，成都府衙门里又出了一件案子，被劫去金珠首饰，约值二十万，掳去府大人的小姐。强盗也是两个女子。这成都府大人卞洽阳，同四川笪总督是儿女亲家，府大人这位爱凤小姐就许字笪总督的公子笪格里，今年才交一十七岁。

"这两件大案发生以后，就更闹得不成话了。一连六七夜，四川城里也出了十来件盗劫的案子，官府只责令教头、捕快身上腿上追比。

"王教头王勇特地到乡下请我，我不得不出头管问这事。我在江湖上混了半辈子，周近几省地方的江洋大盗，无论他们都洗了手，数年以来，没听得他们在某某地方作案，便是在先云南红莲教的余党，目下已改邪归正了，这些案件，我也不疑涉到红莲教人身上。只听得你在这地方称孤道寡，自在为王，很联结了不少的党羽，做了不少的买卖。

"我到你这里，看这个丫头的相貌，和卞知府家人所说两个女强盗当中年纪大些的竟无二样，总是你瞧不起我这老头子，遣她们到我四川省里作案。好汉说话要爽快些，狡赖是不成功的，你现在快打算叫我怎么办？"

苏光祖听了这一大篇话，兀是翻起骨碌碌的眼珠，只管向玉兰瞅望，半句话也说不出来。便是寨子里的众头目，没有不把这眼线注视在玉兰脸上。那老

65

丈越发相信这案子是她同一个年纪小些的女强盗做了下来的。

玉兰面不改容，向那老者问道："老丈尊姓大名，怎么认我是个女强盗呢？"

那老者冷笑道："你不要对我净扯淡，钻天鹞子张彪的名气，在绿林中没有个不知道的，难道你装作不知道我就行了吗？我看你虽穿着男装，但两个耳垂上有两个小孔，我一见面，就看定你是个女强盗了。"

玉兰笑道："知是知道的，只是不认识你。我头上没有写着'女强盗'三字，由你热血喷人就行了吗？拿贼不拿赃，可知道有人还眯眯地笑着你呢！"

张彪听她的话，不由冲起三千丈无明火来，向玉兰喝道："在寻常人家捉贼，有了贼，才好捉贼，到你们强盗窝里捉强盗，只在你们强盗身上追赃。你不是强盗，如何在强盗窝里呢？"

玉兰道："你现在不也在强盗窝里，难道你又是个强盗吗？天下同年龄、同面貌的人未尝没有，专拿出老气横秋的排调，在这里闹脾气，是没有用处的。老实对你说，我虽不是强盗，要请我给你去见一见那两个女强盗，却不是什么为难的事。只你要拿这两个女强盗去破案，凭你这样人物，恐怕你这一辈子也拿不住。我看你年纪老了，你又不吃公家饭，正不用管问这些闲事。你知道那两个女强盗是什么人呢？你的年纪虽老，我怕你的血性及不上那两个女强盗名气高，怕你的本领不是那两个女强盗的对手。专同你空口说白话，你是不相信的，我同你且比试一番，如果你能制胜我，我们有话再谈，不能制胜我，你怎有这能耐要同那两个强盗为难呢？"

张彪听她话里大有意思，便将燎天的火焰登时且挫息下去，转平声静气地向玉兰问道："你怎说我的血性及不上两个女强盗呢？"

玉兰道："这话可以对你说，不能在众目之下对你说。"旋说旋向苏光祖面上望了望。

苏光祖明白她的意思，立刻将张彪、玉兰带入一间很僻静的房里，屏退了左右，张彪重申前说道："你说两个女强盗是什么人，难道你不是强盗，我的血性如何及不上两个女强盗？"

玉兰道："你问两个女强盗是什么人，就得先认一认我是什么人，你的血性及不上我，就及不上那两个女强盗。"

张彪道："你的话又说回来了，当然你是个强盗。"

玉兰道："要做强盗，也不在这山寨子里做强盗了。不是我不肯做强盗，是我的娘不许我做强盗。但我很相信那两个女强盗与我志同道合，也算我两个好帮手，她们做强盗，当然也有她们做强盗的道理。我问你，她们在四川做了十来起案件，可曾枉杀一个人、妄动良善人家的一草一木？"

张彪道："别人我不知道，王绅士是城里第一个善人，在地方上也不知舍却多少银钱、做下多少好事，并且他的金珠是从商业上赚来，其中并无不义资财在内；卞洽阳在官的名气虽不佳，但未出门的小姐何罪？王、卞两家的小姐都被强盗掳去，这种无法无天的强盗，还有什么道理？"

玉兰道："本来我不知道这两个女强盗，是我两个帮手，就因她们掳去王绣鸾小姐，并有个女强盗同我面貌相仿佛，我才认定这案子是她们两个做下来的。亏得你在四川算是江湖上一尊大佛，连王绣鸾都不知道。王绣鸾的能耐可比那两个强盗还大，这时我总明白告诉你，说明那两个强盗是什么人、有怎样的热血，你总该不相信。我带你去会着她们，你自然信我不说假话。"

说到这里，回向苏光祖说道："请寨主这里着人去通知宋家小姐，就说我有事，要到剑门山竹林寺一行，不上十日便回来了。千万要禁止寨里上下人等传说我是个女子，并要将此事紧紧瞒起，若传说到宋小姐耳中去，那么又害了人家孩子了。安徽吴小乙的根基不深，本领比你们兄妹高强，日后有这机会，我总给玉瑛小姐成全了这段良缘。"

苏光祖听了，喏喏了几个"是"字。

玉兰转过脸来，向张彪笑道："我们可以行了。"

张彪便随她出了黑虎寨，心里打算她的话是真，落得随她去探看一个究竟，她的话是假，还疑惑自己的本领未必吃不住她，欲拿她破案，却不怕她逃上天去。这张彪能单身闪到黑虎寨中，当然是步履矫捷、行径神秘的好汉，走起路来，如同飞马一般的快，但紧跟在玉兰后面，把两腿都走得有些麻痛，看玉兰走的脚步似乎行所无事，一些不觉吃力的样子，眼前的村舍一瞬息就过去了，前面的山林看似紧紧地向后退着，两人只管在陆路上走。

落峰山离剑门山何止千里，只在这天三更以后已走到了。看天上皓月的光辉照在高山顶上，如铺了一层严霜，张彪实在走得麻痛得厉害了，不由暗暗吃了一惊，心忖，这女子的本领果然高出自己以上，幸亏在黑虎寨勉强按定火性，若疏忽些，同她交起手来，这一生的英名就断送在这个女子身上了。

走到半山之中，就见有许多青杉绿竹，拥抱一所石砌的寺院。远望那寺院的气派，倒是不小，寺后古塔参天，看去约莫有五六级。走近寺前，张彪两腿已肿得很粗壮了，好容易歇下来，使用运气的功夫，麻痛才略好了些。

玉兰便伸手敲着门，里面便有小女子声音问是谁。

玉兰回说："是我。"

小女子便开了门，向玉兰仔细望了望，笑道："原来是姐姐到了。"

张彪便随玉兰走近寺门，看那女子年纪只在十一二龄，行动也很矫捷。及至玉兰、张彪进门时，小女子随手便将房门关上了，在前引着路。穿过几道房屋，到一所小小的房间里，只见两个年纪在六十开外的老尼姑在房里对面下棋。

当小女子带着玉兰同张彪进来，那客位的老尼姑便向张彪讶道："你不是张……"

张彪认得这个老尼姑是阴平虎泉寺的住持慧远，本领在他之上，便赶上前，向慧远请安。

慧远指着主位的老尼姑说道："这是我新识的道侣，法号唤作真明，论起那一手的功夫，我不如她，论起这一手的功夫，她又远不如我。"

张彪便也向前对真明行礼。

真明像似没有看见的一般，只管运用全副的精神，注视那棋局上七零八落的几个棋子。

慧远用手抹乱了棋子，笑道："人家向你行礼，你怎么这样大咧咧的？你看穆玉兰小姐也来了。"

真明也恍然一笑，转不理张彪，向玉兰笑道："原来穆师侄也到这里来了！"

玉兰看她们棋局已散，先对真明请安，然后才向慧远行礼。

张彪心里转是一愣，心忖，原来这女子还是穆玉兰小姐呢。她在云南平治了红莲教，从"侠义"两个字上得来的声誉，真是如雷贯耳，我竟将她当作是成都府的女盗犯，我的老眼瞎了，如何还能在江湖上混？想着，便向玉兰抱拳说道："我实在不知是穆小姐，日间多有冒犯，要求穆小姐恕我，不知不罪。"

玉兰笑道："到这所在还用讲客气话吗？"

旋说旋向真明问道："师叔，杏姑、菊姑两个，可回来没有？"

真明道："今夜初更都已回来，孩子们吃了辛苦，大略上床睡了。"

玉兰又问道："绣鸾可到这里？"

真明道："绣鸾同爱凤早已来了。我想卞洽阳能生得爱凤这个女儿，真应得孔二夫子向仲弓所说'犁牛之子骍且角'了。"

说至此，又向慧远道："孩子们自有孩子们的事，我们且理我们的事。来来来，我同你再拼个二百合。"

欲知后事如何，且俟第七回再续。

第七回

深院栖鸾秋山迷古塔
官衙槛凤女盗劫娇娃

话说真明当向慧远说道:"孩子们自有孩子们的事,我们且理我们的事。来来来,我同你再拼个二百合。"

慧远笑了笑,两人重整棋局。

穆玉兰朝那年纪在十一二龄的女子笑道:"梅姑,你带我们去见一见绣鸾小姐,好吗?"

梅姑闪着桂圆似的眼睛,涡起娇嫩的两颊笑道:"我自带姐姐去见绣鸾师兄,这胡子是不能去的。"

玉兰道:"不妨,正要这胡子见一见绣鸾小姐。"

梅姑没话说,便从墙壁上取下一个灯笼,点了一支蜡烛,插在里面,领着他们出了小静室,穿过几重殿阁。

张彪留心看殿阁两边的厢房，都从窗隙里透出灯光来，似乎两边厢房里住的尼姑还没有睡。一直走到后院，看那后院门用一把大铁锁锁着，里面黑漆漆没有灯火。

梅姑停步向他们笑道："这里面会兴妖作怪，吓得山中人都不敢到来。"

玉兰笑道："这话只可遮蔽山中人的耳目，却瞒不过这位张老英雄，快开了门，好进去说话。"

梅姑从身边取出一把钥匙，当的一声响，接着又听乒乓作响，那两扇后院门开了。

凑巧吹过一阵怪风，将梅姑灯笼里烛吹灭了，即听有人笑道："别人家要畏避我，你们倒要送到我口里来。"

虽听得屋里说着话，借着外面星月光辉，可没看见人在哪里。

梅姑道："大班休装作妖怪吓人，是兰姐带着张老英雄，要到里面会一会绣鸾师兄的。"

话才说完，即从梁柱上闪下一条黑影，仿佛看似一条很大的黑蛇，在地上打了个滚，立时滚出一个老道模样的人来，地下摊着一套蛇衣。那老道早拔出一把单刀，高高举过头顶。

张彪见这情状，很是诧异不小。

玉兰道："这是此地的规矩，凡有同志的人要到里面去，大班照例要敬礼的。请张老英雄不用误会，大班行礼已毕。"

梅姑吩咐他出以火镰，把烛点好了，仍由梅姑提着灯笼，在前引路。张彪在中，玉兰跟在张彪背后，走到右边一间房里。张彪看那房里的蛛网尘封，下面铺着地板，都被瓦石布满了，只有中间一块很大的地板没有摆着什么东西。梅姑用脚刚踹在这地板一头，那一头已轻轻而起。

掀开地板，忽从里面钻出一只三角兽，直向张彪扑来。玉兰便向三角兽喝道："这是我们的同志，二班不得无礼！"

那三角兽似乎通了灵性的模样，听玉兰这声喝出来，仍然钻到下面去了。梅姑同张彪、玉兰走下去，便是七八层石级。走到石级下，上面的地板已由大班老道盖起来了，看三角兽伏在那里，岿然不动。

弯弯曲曲，不知走了多少步，便走到一所四方八轮的石屋前。那石屋里寂无一人，但木桌、木椅、木床之类，亦应有尽有，中间挂着半明半灭的琉璃灯，上面铺着楼板，右边设一个楼梯。

　　梅姑领着上了第二层楼。这楼上的陈列却较下面迥乎不同了，里面都摆着武器，刀也有，枪也有，锤也有，鞭也有，斧也有，戟也有，抓也有，弓箭也有，上面也铺着楼板，左边设一个楼梯。

　　接着梅姑又领他们上了第三层楼，这楼上的陈列又较第二层楼迥不相同了。两边都摆着一列的书橱，中间桌案上放着几本簿册，此外别无长物。上面也铺着楼板，右边也设一个楼梯。

　　接着梅姑又领他们上了第四层楼，便觉耀睛炫目，放出宝光来。原来这楼上的陈列又与第三层楼迥不相同了。两边都摆着玻璃橱，橱里设着金珠钻石，也有三尺围圆的玛瑙，也有五尺多高的珊瑚橱，五光十色，美不胜收。

　　张彪不是个没见过台面的人，看了这层楼上宝贵的东西，活像个神仙洞，连做梦也没有到过这样黄金世界。这四层楼上面，也铺着楼板，左边也设一个楼梯。

　　梅姑又领着他们上了第五层楼，那楼房门已关起来了，这楼上陈设些什么，并不知道。

　　走过第五层楼，上了第六层楼，也有两扇楼房门，里面花一团，锦一簇，像似小姐的卧房，但没见床上有个人睡着。

走到第六层楼，还未上第七层楼，那七层楼上似乎已有人知觉了，听得莺莺呖呖的声音问道："下面可是梅姑？"

梅姑即答道："兰姐也来了。"

旋说旋带了张彪、玉兰上了第七层楼。早有三个女子，穿着同样的衣装，笑面迎人地向玉兰行了礼说："姐姐是从哪里来的？要把我们都想坏了。凤妹也该前来，同兰姐相见则个。"

张彪看这三个女子的容貌，有一个酷类玉兰，但玉兰的面庞比她略丰润些，她的体态比玉兰略婀娜些，心里早认她是两个女强盗当中年纪大些的一个，在真明口中说是杏姑的了。但真明说她两个吃了辛苦，也该上床睡了，怎么却团聚在这地方？

再看杏姑背后，立着个十六七岁的女郎，装束也同这三个一样，生得不丰不瘦的脸，青青柳叶的肩峰，两个眼珠同小星一般顾盼动人，端正的鼻梁下，露出鲜活的红唇，真似花一般的妩媚、玉一般的温柔。看她听得前面三个女郎招呼她前来相见，早鼓起两个粉窝儿，度出一声春莺来说道："哪有什么兰姐？

谁惯同男人相见则个？莺姐，看你羞也不羞。"

绣莺便转身拉着爱凤的膀子说道："兰姐便是个男子，同她相见，有什么玷辱你？这是杏妹、菊妹听我的话，将你带到这地方来。若再迟一月，你嫁到姓笪的衙门里去，那笪格里身上的狐臭，比什么臭得都难当，把你这朵莲花葬送在牛粪堆里，那才笑死人呢！像兰姐这样玻璃心肝水晶人，她有甚玷辱你？何况她是个化装为男的女人呢！你快来同她相见，是不妨事的。"

爱凤道："哪个兰姐？"

菊姑即在旁说道："就是我们平时对你讲的那个平治红莲教，云南的侠女穆玉兰呀！"

爱凤听了，才低着头走到玉兰面前，深深福了福，说："兰姐，恕我在这里见礼了。哎呀！这胡子是谁？怎同兰姐前来？"

杏姑、菊姑说道："睬他呢！他在家里摆着英雄谱，比你父亲坐着轿子吆五喝六的还威武。"

绣莺道："你认得他吗？"

杏姑道："我到四川，就到他那里打招呼，配他还管问这些疗事。你会见过他吗？他就是四川省里在江湖上享鼎鼎大名的张彪，诨号唤作钻天鹞子。"

绣鸾道："会是没有会过，提起姓名来，我还知道。"

玉兰急向张彪说道："杏妹、菊妹已向你打过招呼，怎么你说没有打招呼呢？"

张彪看她们这班女子很奇特，心里已着实吃了一惊，现出局蹐不安的样子。从前在落峰山黑虎寨时，那种老气横秋、旁若无人的神态一些也没有了。及听玉兰问他，人家已向他打过招呼，怎么说是没有打招呼的话，他心里就很觉得诧异，只得近前向杏姑、菊姑说道："小姐几曾到我那里打招呼的？既打过招呼，我再出来管这闲事，我就是老混账。"

杏姑道："我们向你打过了招呼，你还狡赖吗？你在成都未发生巨案以前，可有人送一株春杏、一盆菊花给你的？"

张彪想了想道："是有这件事的，那天我被人家请去吃酒，回来听我家人说，有两个人到家里来卖花，家里人因我闲时也喜欢看花，便买下四盆花来。两个卖花人说：'这几盆花内有一枝春杏、一盆菊花，就不算钱了！'家人问是什么话。两个卖花人说：'别家买了我们的花，买一盆算一盆钱，尊府买花，买一半，送一半，这一枝春杏、一盆菊花，就送给尊府老主人。我们改日到贵处卖花，也好相见。'家人贪图便宜，就将这两盆花不算钱了。我听了家人的话，以为卖花的人贪图我是个老主顾，送我两盆花，不算稀罕的事，也就不把来人放在心上。以后听成都城里闹出天翻地覆的乱子，更没有闲情去看花了。"

杏姑、菊姑说道："我们在四川卖花，只卖了十来枝春杏、十来盆菊花，用我们的暗号，已卖得价值数十万金珠。你回去访问失事的人家，哪一家没有买我们一盆菊花、一枝春杏？没有失事的人家，我们何尝卖给春杏、秋菊给他们呢？你家分文不去，得来一枝春杏、一盆菊花，我们不想在贵处卖花，要白送这两盆给人做什么呢？我对你家人说出改日好相见的话，就是留下我们的标记，向你打招呼的。我们已向你打过招呼，你还想狡赖吗？"

张彪沉吟道："可恨家奴托大，认不清卖花人是怎样人物，他们只说卖花的人是两个男子。"

菊姑口快，便接着他的话说道："卖花人是两个男子，难道这兰姐不也是男子的模样吗？"

张彪赔笑道："如果卖花人落到我的眼里，我也不出来管闲事了。"

杏姑道："如今卖花人已落到你的眼里，你就不管问这闲事吗？老实告诉你，你到人家去吃喜酒，我们是看见的，你却没有看见我们，就令仓促间被你看见了，你也未必留心这两个卖花人是强盗，不用仔细认明我们的面貌，是不是两个男子。我们没有等你吃酒回来，就到你家去打招呼，免得你畅谈起来，惹出许多麻烦，在我们卖花事业上，发生许多阻碍。却打算你回来，该想到我们话里的意思，心心相印，不用多说废话了。谁知你被王教头保举出来，仗你有这点儿本领，不愁不将这两个女强盗拿办到人赃俱获。如今人赃俱在，你有本领，只管拿办就是了。"

张彪连连回说："不敢。"

菊姑道："你敢是没有拿办的本领吗？"

张彪道："张七固没这拿办的本领，就有，也不敢在两位小姐面前放肆。"

杏姑道："你怎么不敢？"

张彪道："张七既知小姐姊妹是穆小姐的朋友，如何还敢放肆？现在既认得这是穆小姐了，穆小姐的鼎鼎英名，我简直要对她叩几个头。如果你们不是侠盗，值得同穆小姐做朋友，穆小姐还说你们是她的朋友吗？我畏服穆小姐，不敢在穆小姐面前放肆，怎敢在两位小姐面前放肆？"

杏姑道：“既如此，你随兰姐前来做什么呢？”

张彪道：“一则这些案件未曾了结，张七既得了线索，总该探个究竟；二则听说王小姐同二位小姐最是几个血性人物，今日相见，更是一件很不容易的事。”

杏姑道：“要明这些案件的究竟，你不妨问问我们鸾姐；要知我们是怎样几个血性人物，你不妨问问我们兰姐。”

绣鸾不待张彪下问，便近前向他说道：“我们同兰姐、杏妹、菊妹、梅妹师兄弟四个结识以来，差不多已有四五年了，但我师父将她们姊妹带到寺中传习本领，夜间却得出点儿工夫来，去教授我的武术。我在夜间，也时常来看看她们姊妹，因此同兰姐也很相识。这件事在我家中，除我父母而外，没有第四个人知道。

“我师父几次对我父亲说，叫我参入铁血团中，好做出惊神泣鬼的一番事业。我父母因我已有了婆家，那男子是个赌吃玩笑的下流东西，无端家里走了这么一个人，婆家必然认真告诉公堂，我父母总该要受拖累。我师父有了主意，便向我父母把这主意说明了，着令杏妹、菊姐前去，将我抢得来，并劫得价值四五万的珠宝。我父亲便报案到官，表面上像是很难过，心里着实快乐到了极顶，一则我从此可以脱离不良婚姻的羁绊，免得送在那下流东西手里去受委屈。再则我从此海阔天空，不拘干下什么翻天揭地的事，不致贻害我父母身上。

　　"我未到这里来，早想到我闺中女伴卞小姐了。卞小姐因她父亲逢迎笪总管，将她许字笪总督的儿子笪格里，好保持禄位。这是她父亲结交上峰的一种手段，论理笪府的声势十足，这卞小姐总该愿意嫁给笪格里了，哪知卞小姐虽是个裙钗女子，志气却高似官场中的一班衣冠人物，她曾暗暗对我说：'笪格里是旗人，我是汉人，旗人夺了汉族的山河，凡有血性者，莫不视为公敌。我父亲是汉人当中的读书明理之士，反而腼颜事仇，做的是旗人的官，食的是旗人的俸禄，他的人格已扫地以尽，还千方百计吮痈舐痔地去孝顺这个笪总管，竟想将我葬到火坑中去。婚期已迫在眼前了，其实我这颗心尚不知安放在什么地方。我头可断，这志节却不可屈的。'

　　"卞小姐对我说过这样的话，师父和我这两位师弟知道得很详细，所以在第一夜劫取了我，即在第二夜又将卞小姐劫来了。还有那些被劫的事主，杏姐、

83

菊姐都打听得很详细，他们的金珠财物都是小百姓身上的脂膏，便去弄他几个，也不为过分。

"成都城中既发生十来起巨案，总没有容易消解的道理。不瞒老英雄说，你离开家乡以后，杏姐、菊妹又转到四川去，恫吓他们一番。你回去时候，只推说办不到，这案却也无形消解了。

"杏姐、菊妹回来没有睡歇，还把这些事向我们说笑呢！"

张彪听绣鸾说完了，方从恍然圈里钻出个悟字来。

玉兰接着又向张彪说道："你要知我们铁血团中人物是怎样血性，我们带你到一处地方去，你就明白我们是怎样血性的人物了。"

欲知后事如何，且俟第八回再续。

第八回

浊流饮恨女侠襟期
大智若愚英雄肝胆

话说穆玉兰待王绣鸾话说完了，近前向张彪道："你要知铁血团中人物是怎样的血性？我们带你到那地方去，你就明白了。"

说着，向绣鸾、杏姑、菊姑三人招一招手。当留梅姑陪侍爱凤，由玉兰、绣鸾、杏姑、菊姑领着张彪，走入楼梯，回到第五层楼。

那第五层楼门原是关着的，经绣鸾在门框上按了按，楼门忽然开放了，桌案上点着灯烛，四壁满挂着墨画，当中有幅擘窠书的屏联，红底金字，耀人眼目，字句并没艰深难懂，上首是：

有肝胆即是英雄，浊流饮恨，苦志歼仇，大野风云看会合。

下首是：

无血性不做强盗，罗袂生寒，芳心警玉，中原国土遍腥膻。

那四壁纸画上，都画着些江阴殉发、嘉定屠城，凡满人入主华夏时，杀我人民，淫我妇女的一类故事，都绘得有声有色，令人心酸眦裂，勃然生怀抱国仇之心。

张彪进门看了那些字画，便引起他少年时候的情性，一面看，一面用手拍着大腿嚷道："怎么不是？这些满人，我早知他残暴不仁，要同他势不两立了。"

玉兰看他发动了脾气，很惊诧地问道："难道你也是我们的同志吗？"

张彪道："我在十二三岁的时候，不喜欢之乎者也，练习那些八股文章，就常常对我的娘说：'大丈夫生在世间，总须靠着刀枪水火，立一番伟大功业。若是叫我苦苦抱着这劳什子书本子，咿咿呀呀，便侥

幸博得功名，身上穿着补服，竟同禽兽，头上拖着翎子，像个尾巴，哪有什么道理？'

"我的娘听我这话很奇怪，问是谁指使我。

"我说：'没有人指使我，不过我想起这话，不对娘说，就觉得不痛快。'

"我娘点点头说：'这孩子很有道理。'

"我又问我的娘：'现在北京那个皇帝老子，他是什么样人？他凭什么本领，在北京做皇帝？'

"我娘便暗暗告诉我说：'那是关外的满人，在二十年前，满洲人带兵入关，夺了我们汉人的花花世界，杀戮我们汉人，压制我们汉人的手段都被他们用尽了。你祖父不是也在福王营里充当过一名千总吗？福王曾纠合海内豪杰，思凭这水火刀剑，将个花花世界从满人手里夺回来，无如事机不成。郑王死后，你父亲也身殉国难了。你那时当在襁褓，不能记忆。但满人终以我们汉人当中，多有这种兴兵捣乱的举动，不肯把这山河糟蹋在他们手里，钳制的方法愈变愈精，谋害的手段亦愈用愈毒，再不容我们汉人同他反对了。'

"我当时不听这话便罢，听了这话，心里早就痛刺刺起来，连叫了几声奇怪道：'怎么样的？现在我们汉人，难道就没有个人兴兵去捣乱满人吗？这中国又不是他们满洲人的中国，他们会想法子杀戮我们汉人，我们汉人就不会想法子歼除他们满人？要把我的胸脯子都气破了呢！'

"我的娘又说道：'从福王失败以后，何尝我们汉人当中没有人想法子同他们拼命一战？无如满人的孽数正隆，汉人的大势已去。凡是兴兵捣乱满人的，没有个能成功的，末了仍死在满人手里，徒然落得个大逆不道的名气。我们汉人仍然做了满人的刀砧肉、釜底鱼。前车已覆，后车当戒，谁敢对他们满人再扭一扭呢？'

"我的娘话说完了，不由急得我暴跳如雷，说：'他们满人不但是我汉人的仇人，还是我祖宗的仇人，放着我张彪不死，看我有朝一日杀到北京，给那囚攘皇帝一个白刀子进去、红刀子出来。'

"娘听我说话的声音太高了，忙掩着我的嘴说：'你好大的胆量，这是什么事，要你这样嚷骂起来？若被外人听见了，告到官里去，你就是个砍头的罪。有许多大英雄、大豪杰，拼掷着无量头颅无量的血，还不能将这乾坤扭转过来，你小小的年纪，能有多大本领，敢要做出这样大逆不道的事？你将来不做满人

的官，就算你是个有血性、有气节的好男儿了。'

"我听娘这话，口里虽不敢再嚷骂什么，终觉生在这世界上受屈，不若砍了头倒还爽快。我到十六岁，便奋志求师，只练学了一十六年，才学得这点点本领。满心想联络海内有血性、有气节的英雄豪杰，凭着这水火刀剑，把这山河从满人手里恢复过来，洗净得风清日白，无如我的娘终怕他们满人势大，任我有怎样的血性，只叫我不做满洲人的官，却不许我做下这种灭族的事。至今娘还活着，已有九十岁了，看我遇事总有几分仇视满人的心思，却害得她老人家为我悬心吊胆。但我见这些惊心触目的字画，想到我少壮时的志愿，我总觉心里着实过不去。我不是辜负这昂藏五尺身躯，枉生在世界上吗？"

玉兰道："你不肯违背老太太的意思，做下大逆不道的事，这是你的孝心，也未尝没有一点儿道理。然而老太太既不许你做满人的官，你这番甘给满人做牛做马，也算违背老太太的教言、辱没你一身志愿，看你前后如何会变成两个人呢？"

张彪道："我因有个老娘把我的血性消磨净了，我心里很难过，怎肯再给满人做牛马呢？"

菊姑在旁，不待他接说下去，便嘻然笑道："你

89

不给满人做牛做马，怎的被王教头保荐到官府去，要拿两个女强盗破案，给笪总督追求媳妇呢？"

张彪道："王教头当初也算四川道上一条好汉，只做了满人的官，虽有十件好，却不能说算个好汉了。这种朋友，我不愿意再同他亲近，他却偏不肯放我，将我保到笪总督衙门里去。我没有一个老娘，他不能叫我怎样，我就怎样，只因有了这个老娘，我就没有自主的权柄。我的娘说：'王教头亲自接你到总督衙门里去，你想不答应去办，笪总督绝不答应你，就要办你伙通，你想逃往别省避风头，你把娘的老骨头措置何地？何况王教头保你到总督衙门去办案，又不是保你去做官，捉强盗是替成都百姓除害，又不是给满人做牛做马。'我不敢违背娘，又听娘的话也有道理，才惹出这样的笑话来。"

杏姑在旁问道："如今你已知道强盗是不易拿获的了，回去该怎样呢？我晓得你为人靠得住，是好汉，说话不用含糊。"

张彪道："我已知两位小姐是很有血性的强盗，已用着警告的手段，将这些案件打消了。我回去时，官府也不过分逼迫我，真个拿获强盗破案，我有老母，不能参与你们的事，我心里已觉有些闷咄咄的，若把你们的秘密泄露一字，我张七就真给满人做牛马了。"

玉兰道："你这是表面上看出我们姊妹是个血性人物，其实现在海内自命英雄豪杰之士，也装着这样的幌子骗人，从表面上看来，未尝不是个血性人物？白莲教中的徐鸿儒，就是这类人的现成榜样，所以海内真有气节、有见识的人，宁可把国仇的志愿深藏待发，不肯再受这些人的欺骗。我们虽有这样秘密的运动，却没有装着幌子骗人，就从这点看来，不要说你已想出我们真是个血性人物了，罗在红莲教中学成了法术，不肯用红莲教人参入我们同党，就因那些红莲教人，还够不上参入我们同党的人格，并且白莲教、红莲教的法术，徒然能摇惑敌方的军心，从久支持下去，亦必终归失败，就不若纠合海内同志的人，倡兴义举，转为得用。

"落峰山上苏光祖也是个爽直汉子，将来算是我们一条膀臂，看你张老英雄，也未尝不是个血性人物，不过因你老太太阻止你的雄心，这血性却也丧失一半。你回去时，待你的老太太百年以后，你用很锐利的目光，看我们同党的人始终靠得住，你不妨参加，帮助我们一臂之力。若是虎头蛇尾，或看出我们是徐鸿儒一流人物，到底还算装着幌子骗人，你就转骂我连牛马不如。我们也没有这脸面，在你跟前说得嘴响。

"时候不早了，恕我还要到云南贵州一行，后会正长，我们就此告别。"

玉兰说完这话，遂催着张彪下楼，出了地道，一直送出山门。

张彪看玉兰转身入内去了，在斜月光辉之下，看着寺后的古塔，约有五六级，再转到寺后看时，塔的前面蹲着一对猛虎，在那里酣眠不醒。塔有六级，四面设有门窗，都关得密不通风，心里想到，方才在地室下一级一级上了第七层楼，实则那第七层楼就是这第六级浮屠古塔，塔的前面既有猛虎把守，无怪山中人不敢到塔前游玩，容易察破他们秘密了。

张彪想罢，当日便回转成都，对笪总督说是这两个女强盗的行踪很诡秘，只没着手将她们拿办到案。笪总督只淡淡说："容教头王俊慢慢探访，你回去侍奉你的老娘吧！"

张彪下来，在城里逗留一日，也没见王教头去探访强盗的案迹，知道这些案件已照例成了拖案了；并访得那些肇祸的人家，每家都在肇祸以前买下一株春杏、一盆菊花，都没有检点到此，也就不知是强盗留下来的标记。

张彪回家见过老娘，却暗暗把剑门山经过的情形禀述了一遍。张老太太听了，也好生诧异，惜他儿子张彪没有问清杏姑姊妹姓什么，是哪里的人氏。张彪也自悔一时粗心，没有向杏姑姊妹请教。好在将来未尝没有再见的机会，只把这件事放在脑海里浮沉了几次罢了。

作书的写到这里，且按下张彪不讲。玉兰几时从云南回转贵州，也不用在这时候交代排场。却腾出一支笔来，从杏姑姊妹的历史上写起，连带回溯到穆玉兰事实上去。

却说四川云阳地界，有个姓富的大户，主人名唤富如玉，在贩卖珠宝生意上发了一笔财，便买下一百多顷产业，实行安享田园之乐。富如玉因为云阳的富商最多，容易使盗贼眼睛发红，寻常富商人家，多聘请几个江西的教师在家，名为传授子弟的武艺，实则为防制盗贼起见，用教师在家里保镖。

富如玉也豢养几个教师在家，只都是一班花拳绣腿，没有惊人的本领，并且他们年纪都轻得很。

富如玉没有儿子，只生得三个女儿，大女儿在二月生的，名唤杏姑，二女儿在九月生的，名唤菊姑，三女儿在正月生的，名唤梅姑。那时杏姑只有十五龄，韵颜稚齿，望去竟若初开的一朵鲜花；菊姑只有十一龄，那一团天真烂漫之气，到处都表现出女孩子的一种甜性美；梅姑才七岁，也是个美人儿胎子。

这三个女儿当中，唯有杏姑及得上习武的年龄，富如玉因聘了这班少年的教师，不好教杏姑随他学武，满心想换几个有本领的女子在家里保镖，好传授杏姑的本领。只是没处寻着，只得仍将这几个少年教师养在家里吃饭。

恰好那一次，有个强盗来转他家的念头，被一个少年教师将那强盗捉住了，先行捶打一顿，然后送到官衙里办了。强盗的同党衔恨富家那个教师入骨，不到十日，竟千方百计将那个教师骗出来，生宰活剥，替那被捉的强盗报仇。

富如玉不由吓得心寒胆裂，怕强盗再来胡闹。好容易聘了一个江西人吴教师在家，以为这吴教师很享着大名，在江湖上也有点儿面子，得到他家里保镖，一个足抵得百个，不怕再有强盗前来为难了。便辞退在先几个少年教师，把这吴教师供养在家，酬神敬菩萨似的，恭维得这吴教师快活起来，暗暗去通知绿林中人，看他的老面子，不要光顾到吴家来，每月愿提出三十两，送给那些强盗。这是他们保镖的人一种外交的手段。

富如玉看吴教师在家住了两个月，一次也没有强盗前来光顾，越发把这位吴教师当作天神似的一般供养。谁知到了第三月，吴教师忽然向富如玉辞行，富如玉满心想挽留他，哪里能挽留得住呢？

这吴教师辞了没有三日，富家便接连招了两次窃盗，很窃去许多值钱的东西，心里疑惑是吴教师与强盗呼同一气。再访问吴教师时，吴教师已带领一大群人，各驮着个牛心包袱归江西了。

在富家被窃的第二日，同时云阳的富商没一家不被盗窃，没一家教师不去得无踪无迹，便想到在四川省当教师的都是外省人，做强盗的也都是外省人，教师同强盗，大半是站在敌人的地位，以后怕结冤仇，不若大家好合拢起来，鱼帮水，水帮鱼，做几批大买卖回家乡去。

那时，成都的钻天鹞子张彪，也曾听得云阳在两日工夫，发生了数十起大窃案，只是这些教师强盗曾向他打过招呼，并且强盗在云阳地方作案，所作的窃案不是盗案，窃案是窃的富厚人家用不着的资财，不是窃着贫苦人家的破衣碎钞。事先张彪既不加禁止，事后也就不便过问，只是教师、强盗都回家乡去，以后云阳地方，再没有窃案发生。要塞通关，每遇外省人前来，必详加盘查，官府有了紧急的设备，民家本不用聘请教师保镖了。

富如玉还怕再有强盗前来捣乱子，如何不敢用着强盗式的会武艺人上门？不想这日有个垂髫女子到富家来，要见富如玉有话说。

欲知后事如何，且俟第九回分解。

第九回

穆玉兰登堂认父
富小姐古寺拜师

话说富如玉向那女子一看，不由暗叫了声奇，你道是什么缘故？

原来那女子的神态无一不酷肖杏姑，如同一娘的衣胞里钻出来的模样。那女子见了富如玉，敛衽而拜，口称："舅父，快领我去拜见舅母。"

富如玉听她这话，蓦地想起十五年前的事，这女子却是他的亲生骨血，缘富如玉有个胞姊，嫁给云南大侠穆剑虹，郎舅之间，很是投契，富如玉在外省贩卖珠宝，每到四川，必往穆剑虹家探视。不幸穆剑虹死后，没有儿女，富如玉同回来同他夫人商量，情愿把长女兰姑送给他胞姊穆太太，以娱晚景。富夫人为人极贤惠，因丈夫同姑娘友于之情，极其亲爱，只有依从他的要求，实行将兰姑给穆太太领养过去。

这兰姑同杏姑是双胎所生，在兰姑生时，满身带着芝兰香气，直待杏姑产生，那香气方才渐渐消散，所以给她取个乳名，就唤作兰姑。

兰姑降生才六个月，便由富如玉送给穆太太做女儿，改名唤作玉兰。但穆太太因富如玉虽将这孩子送给了她，当然这孩子要姓穆了。而穆太太给这孩子改了名，却用着这个玉字，其中也许有深意存在，转怕如玉待玉兰成人，终将玉兰领回抚养，遂瞒着如玉，迁移到云南玉霞山地方住着，向不肯在玉兰跟前说出她是富如玉女儿的话，恐怕玉兰知道自己的根本来历，不把她当母亲孝顺。

玉兰长到十一岁，那时四川剑门山竹林寺的老尼真如到玉霞山来，听说穆家这女娃子资质很好，特地到穆家来见穆太太，要化玉兰做徒弟。穆太太把玉兰看得同掌上明珠一样，岂肯化给真如做徒弟？及听真如说明收徒弟的话，是每夜前来，教授玉兰的文学和武艺，不是要她剃去青丝做尼姑的，穆太太才满心欢喜。自此真如每夜必来指点玉兰四小时，似这么过了三四年，玉兰的文学和武艺，经过这三年的锻炼功夫，也有十足根底。

这夜，真如忽将玉兰带到剑门山竹林寺里，聚集了寺里一众尼姑说道："今夜是我归真的时候，我凭着一身的心血，要洗出一个光明世界，无如清廷的气运尚未告终，我不能挽回这无可奈何的天数，便留下这条命在世间，也太没有趣味。但我这易朽的人身，虽不能保留永驻人间，唯有将终身的志愿托付在我师弟和我徒弟身上，终期你们做个流血成仁的人物，那么我死以后，也当含笑于九泉了。"

真如的话说完了，忽然玉箸双垂，瞑目而逝。葬事自由真如的师弟真明办理。

从此玉兰往来于剑门、玉霞两山之间，凡竹林寺里秘而不宣的事，玉兰都知道得很详细；并且由真明告诉她的来历，说她是云阳富如玉的大女儿，同富杏姑是一胎生产。玉兰虽明白不是穆太太的亲骨血，却不肯把这些话转说到穆太太耳中去，怕她老人家听了，心里难过。总在穆太太面前，仍说富家是她的母舅。但玉兰既明白自己是富家女儿，出娘胎才六个月便到穆家来，如今亲生的父母还在，又有几个小姊妹，若不去相会相会，真是返源忘本，此心竟同禽兽。便向真明说明，要到云阳去。

真如在玉兰临行时候，又吩咐她几句话。玉兰回说理会，便到云阳富家的庄院，相见了富如玉。

富如玉听她称说舅父、舅母的话，不由想到十五年前的事，不好对玉兰说是自己的女儿，也怕玉兰知道了，将来对她寄母的孝爱有些冷淡下来，忙将玉兰扶起，流泪哭道："你不是穆家玉兰甥儿吗？"

玉兰应声道："是。"那心里也就有些酸痛起来。

如玉道："在十五年前，你父亲逝世以后，不知你母亲迁徙何处，只没处探访着。难得甥儿前来，我问你母亲一向可好？"

玉兰道："托舅父的福，家慈幸康健，住玉霞山已有十五年了。这十五年的境况很是安静，甥女这番特来到舅父母台前请安，望舅父带我去见舅母要紧。"说到这里，那眼泪不由流下来了。

如玉即带着玉兰走进后堂，忽然菊姑从里面走出来说道："姐姐，方才看你不是在楼上刺花吗？"

如玉道："这是你表姐穆玉兰，不是你大姐姐杏姑。"

接着菊姑向玉兰望了望，拉着玉兰的手，唤了声表姐姐，走进后房，菊姑高声向房里叫道："娘和梅姑快出来，我们表姊姊来了！"

接着又有人去报知杏姑，玉兰和富夫人、杏姑、菊姑、梅姑相逢之下，正说不尽无限快乐与悲哀。但富夫人始终理会丈夫的用意，不肯将玉兰是自己亲生女儿的话说出来。杏姑、菊姑、梅姑三人也就不知这个表姊还是自己同胞的姊姊呢。

富夫人看玉兰心地玲珑，语言不俗，问玉兰可曾读书。

玉兰道："没读几年书，粗识应用的几个字。"

又问玉兰："你是一个人来的吗？"

玉兰回说道："是。"

富夫人又问："你在路上耽搁多少日子？"

玉兰说："甥儿从剑门山来，不过一个时辰就到云阳了。"

富夫人变色道："孩子说话太奇突了，你不在云南玉霞山来，却在剑门山来，怎么又说由剑门山到云阳，不过一个时辰就到了呢？"

玉兰道："甥儿昨夜从玉霞山动身，路过剑门山，在那里耽搁了两个时辰。到得云阳时，天还没有亮，不是甥儿一路留心，访问舅父母的住址，就是在早晨到舅父母跟前请安了。"

富夫人道："云南离我们四川有四千多里的路，

如何在几个时辰以内便走这么远的路呢?"

玉兰道:"甥儿不是走来的,是在空中飞来的。从陆路上由云南到四川来,弯弯曲曲,何止四千多里的路,若在空中对直飞来,不过一千多里。甥儿一个时辰能飞六百里路,舅母若疑惑甥儿说话太奇突了,晚间请飞给舅母看一看,可不是甥儿扯谎。"

富如玉在旁听了,讶道:"我也不信世间真有飞得起的人,即如在先那个吴教师纵跳的功夫可算了得,不过只能跳得三丈六尺高的围墙。据他讲说起来,纵跳功夫好到极顶,至多不得超过五丈开外。你是一个十六岁的少女,竟能在空中高去高来,难道你会腾云驾雾吗?"

玉兰道:"腾云驾雾,那是法术,不是功夫,能飞在空中高去高来,才是功夫,不是法术。"

菊姑道:"是功夫也好,是法术也好,晚间你不飞给我看,看我搔你的胳肢窝儿。"

玉兰道:"我不飞给你看,你如何肯相信?"

说着话,丫鬟已开上饭菜来。大家会餐已毕,天色已晚,从远山捧出一轮皓月。玉兰便脱去外衣,里面只穿了一身黑色的紧身衣裤。大家都月弓形地罗列在后院廊檐下,看玉兰站在庭院当中,两脚一蹬,全身已是凌空，一飞冲天，仿佛风推云走，从西边飞到东边，转瞬间已不见玉兰所在了。一会儿，却见一团黑影又从东边飞到西边，同飞鸟一般迅快，在空中打了个招，便坠落下来。

大家留神一看，不是穆玉兰是谁呢？众人都不由大惊小怪起来。富夫人便将玉兰带到杏姑的楼上，如玉和菊姑都在房里，齐声向玉兰问道："你这本领，是从哪里学得来的？"

玉兰道："本领原是人学出来的，我的师父不但传我这类飞行的法术，还传我大力衫法、一刀单八路的刀法。我师父能连放七支火眼金钱镖，我只学得连放五支，我师父便仙逝了。可惜我没有带来这两件兵器，就没处看出我会使出这两种武艺。"

富如玉道："不用再试什么了，我相信你的本领，真是空前绝后，不但我没有看过，便是听也没有听过。只是你师父已死，你能将这本领传给你两个表妹妹吗？"

玉兰道："我师父虽死，但我这点儿功夫还赶不上我的师叔。"

富夫人道："你师叔住在什么地方，是个什么样人？"

玉兰道："我师父不许我说出她的住址在什么地方，是个什么样人。我若对舅父母说了来，我有几个头杀？"

富如玉夫妇齐声说道："你能替你表妹妹介绍，跟从你师叔学习本领吗？"

玉兰道："只要她们三人愿意，我没有不肯介绍的。"

富如玉道："难道梅姑这孩子也能学吗？"

玉兰道："这又何尝不能？总看她自己意志怎样。"

杏姑道："愿意我是很愿意的，只是学成这么大的本领，去干什么？"

玉兰道："学本领当然有个用处，就是杀人。"

菊姑道："学本领我也是很愿意学的，若学成了本领杀人，有一分本领，便造一分罪过，这样我就不愿意学本领了。"

梅姑道："我家里杀鸡杀鸭，我看来很有些可怜，谁愿意去杀人呢？我本要从兰姐师叔学本领，这一来，把我学本领的心吓得退下来了。"

玉兰道："唯其有不忍杀人之心，我师叔才肯传给你们本领，教你们杀人。若是喜欢杀人，任你们资质怎样，我师叔也不肯轻易传授你们的本领。"

富夫人道："你的话又说回来了，哪有不忍杀人的人肯杀人呢?"

玉兰道："杀人本为天理所不容，不过有时候，也有不忍不杀，不可不杀，不能不杀。"

富如玉道："怎样谓之不忍不杀呢?"

玉兰道："这意思很容易推测，譬如杀一个人，能救千万人，不杀这一个人，便救不得千万人，试问这个人，忍不忍不杀?"

富夫人道："怎么谓之不可不杀呢?"

玉兰道："这一层也不难解释，譬如有人要杀我全家，我不杀这个人，便救不了我全家的性命，试问这个人，可不可不杀呢?"

杏姑、菊姑接着问道："怎么谓之不能不杀呢?"

玉兰道："这话说起来，就不由得不使我辛酸泪落。天生下人来，同是一样的，凡有心肝的人，谁能轻易去杀人呢? 假如这人惨杀我父母，又占夺我基业，使我呻吟在十八层地狱之下，毫没有道理可讲，试问这种人能不能不杀呢?"

富如玉道："不能报复杀害父母的冤仇，还算得是一个人吗?"

玉兰道："一个小强盗，想偷窃舅父家中的东西，舅父还将那小强盗送官办罪，有外族人把祖宗偌大的产业抢夺了去，舅父像是没有这件事模样，有人杀害父母的性命，舅父尚说不报亲仇，算不得是个人，有外族人惨杀我们的祖宗，舅父却不将这件事放在心上。"

　　富如玉听了讶道："笑话，哪有外族人抢夺我祖宗产业、惨杀我祖宗的事？你这话是从哪里说起？"

　　玉兰请如玉屏退侍婢，话还没说出，喉咙里已堵塞住了，不由吞声说道："舅父看我们这么大的中国，还是满洲人的产业，还是中国人的产业？"

　　富如玉道："本来是中国人的产业。"

　　玉兰道："难道中国人把这偌大的产业，甘让给满洲人吗？"

　　如玉道："是满洲人抢夺去的。"

　　玉兰道："满人抢夺我们中国人的中国，惨杀中国人无数的祖宗，穷尽许多心思，把中国人处置在十八层地狱之下，当作猢狲一般玩弄、牛马一般驱役、鱼肉一般烹庖，中国人谁无心肝？产业白给人家夺去了，祖宗白给人家惨杀了，满洲人同中国人种下不共戴天的冤仇，我们中国人不思报复，还算个人吗？要想报复这不共戴天的冤仇，不杀尽国仇，决不能罢手。"

如玉道："我们只知问舍求田，志气不及一女子，我心里很是惭愧。我的头发白了，就被你鼓舞起我的雄心，我也不能学成这样的本领。你这几个表妹，年纪都小得很，由你带去，给你的师叔学成你这样的本领，杀尽国仇，倒是我第一开心的事。就不明白你这舅母的意思，以为怎样。"

富夫人道："你常对我讲，怪我们老夫妻福泽太薄，没有儿子，能在世界上建立一番伟大的功业。儿子、女儿不是一样的吗？只要你的女儿肯替我们争点面子，学成了本领，把天下打过来，将来凌烟阁上画起像来，不知要用多少胭脂呢！你才知我生下来的好女儿，比别人家的儿子还好。"

梅姑道："学成了本领报仇，这只怕杀不尽仇人，把我这学本领的心又在这地方跳起来了。"

菊姑道："照这样讲起来，我们能够学成了本领，把满洲人都杀尽了，又有什么罪过？他们满洲人要我们中国人的心肝，我们就要他们的五脏。"

梅姑道："在满洲人当中，未必尽是坏蛋，我们只看他的路数，待我们学成了本领，遇着可杀的人便杀，遇着不可杀的人，不妨且寄下他的头来。"

玉兰听了，想到她师叔吩咐她的话，已完全有了效用。当夜别了如玉夫妇，把杏姑姊妹三人先后带到剑门山竹林寺，拜在真如座下，学习武艺。

如玉夫妇因她们姊妹时常也到家中来探视，探视的时候，必在三更以后，也就不觉得怎样难割难舍。

玉兰回见穆太太，只说去拜望舅母，将杏姑姊妹介绍到剑门山竹林寺来。穆太太见玉兰见过如玉夫妇以后，比平时加倍孝顺，心里也很欢喜。但玉兰凭仗着这副铁血的心肝，牛刀小试，在江湖上很干下许多铁血案件，结识了不少怀抱绝技的人物，她的名姓便崭然露了头角，四载三迁居处，复迁到罗珉山中居住。这次在剑门山竹林寺中，待钻天鹞子张彪去后第二日，便到鸡足山去见过李鼎，转到贵州青龙关来，恰又闹出一场的笑话。

欲知后事如何，且俟第十回再续。

第十回

中药酒美人招怨毒
雪奇耻盗妹释冤仇

话说穆玉兰那时改换男装，由鸡足山一路到青龙关来，一般人看她生得温文尔雅，风采翩翩，都以为她是一个风流学子，谁把她当作是一个女剑侠呢？

这天在离青龙关不远的地方，腹中觉得有点饿了，看这地方离鲤鱼堡宋家墩有五六十里，离落峰山有一百多里，打算就在这地方弄点儿东西，吃饱了肚子，再到宋家墩及落峰山两处地方去。打算已定，便觅了个面店，胡乱吃了一碗面，会过钱钞，走出店门。

忽见有个人嬉天扑地地走近穆玉兰身边，唱了个喏，说："我的老娘有要紧事，请你到黔山去。"

玉兰向这人面上打量，认得他是李鼎的表兄吴小乙，心里转有些凄惶起来，暗想，小乙的娘曾托我给小乙向苏玉瑛提媒，怪我当初闹脾气，得罪了苏玉瑛，我二次到落峰山时，虽同苏光祖谈及此事，但玉瑛已去得毫无踪迹，这件事不知将来怎样结局，叫我怎好便去再会小乙的娘呢？心里这么想着，脸上不由现出很踌躇的神气。

　　小乙道："请你不用生疑，我的娘在七日前曾到甘肃省来，遇见我那个女人，娘在她跟前曾显出一点儿本事，她立刻随娘到黔山去，要从我的娘学习本领，报你的仇。我的娘答应她学本领的话，给我两道马甲符，到这地方等你，把你带到黔山去，同我的女人解去当日的怨毒，并说她老人家的金钱神算，知道你在这时间必到这里来。我还怕娘的神算不准验，想不到在这地方同你遇个正着。"

　　玉兰听了大喜，便同吴小乙到黔山来。其时天色已晚，小乙带玉兰走到家门口，里面便有人将柴扉开了，玉兰看那开门的是个容颜俊美的读书人，生得丰神飘逸，举止安详，而衣服朴素，绝没有半点儿浮嚣气习。

　　那人含笑向玉兰点头，连忙拱手让玉兰进门，即见小乙的娘指着那人说道："这是山西李鼎的堂兄李钺。"

玉兰只得同李钺彼此都行了礼，然后坐下。

小乙的娘回头对小乙道："小姐来了，怎不叫你妻子出来？"

小乙应声是，向左边房里叫道："玉瑛，快出来相见，同是自家人，用不着闹脾气的。"

叫了一会儿，只听不见里面有人答应。小乙惊讶万分，到房里去寻了一会儿，哪里有个苏玉瑛呢？只急得面红耳热，向他的娘说道："我的女人已逃去了。"

小乙的娘笑道："这孩子的性格还了得？点点气量都没有，真是见笑，穆小姐。小乙，快出去将她寻找回来，向小姐赔个小心，不找得回来，老身情愿不要这种蠢材的媳妇。"

小乙急道："我不将她找回来怎么行呢？有我的娘做主，叫她同穆小姐解释前嫌，看她倒跑向哪里去？我今夜不找着她，是不回来的。"说着，也没向他的娘问明这李钺是什么人，竟匆匆出门去了。

小乙的娘便向李钺道："你今天带来那一壶好酒，快取出来，给我同穆小姐拼个三杯。"

李钺答应了一声，便取出那壶酒，又安排了几碟冷菜。

小乙的娘又向李钺道："你也坐下来，大家胸怀坦荡，毋庸避着男女嫌疑。"

李钺也告坐了，小乙的娘满斟了一杯酒，递到玉兰面前，说："小姐将来成全我吴家一线之续，请满饮此杯。"

玉兰接杯在手，陡觉香气触鼻，料想吴太太是李鼎的姑母，为人很靠得住，酒气香郁，毒药是不会有的，连忙接过那杯酒，一吸而干，说："谢谢吴太太，我领你老人家的情，成全令郎的婚偶，我有一分机会，尽一分力量，毁誉祸福，都在所不计。"

话才说完了，便觉得酒落肝肠，浑身发暖，软洋洋的，只没有半点儿气力，像似吃了瘫痪药的一般。

小乙的娘忙将她扶到房里床上说道："穆小姐，敢莫是病了？"

玉兰这时候周身虽觉没有气力，四肢都不能转动分毫，但耳能听，目能视，口能言，心里也还明明白白。看吴太太满面慈祥之气，并不像真含有恶意，并且从李鼎谈说起来，他这姑母，一生没有做过坏事，绝对不是吴太太用药酒谋害的，只得向小乙的娘回道："侄女一生没有害过病，这病是那杯酒吃出来的。我相信这吴、李两家都没有结下不解的冤仇，便是令侄李钺，又何苦带得这壶毒酒来谋害我？照我的意思推想，这瘫痪药必是玉瑛暗放在酒壶里的。我当日不该戏辱了她，今日撞到她手里，这是我自作自受，我也不怪令媳的手段太厉害了。"

小乙的娘说道："如果酒里有了瘫痪药，老身自去寻一副解药，有我侄儿在家，便是玉瑛回来报复你，他也不怕。"

说着，便走出房来，向李钺高声道："老身自去寻着解药，停一会儿就来了。你要小心，防备外面的风吹草动。"

玉兰在房里听小乙的娘话说完了，以后便听不到她的声音了，在暗暗灯光之下，忽然见李钺笑容满面走了进来，在床沿上坐下，向玉兰道："小姐一个人睡在这地方，不嫌冷吗？我陪小姐睡一觉，小姐总该可怜的了。"说着，竟像鹰抱雏鸡般，将玉兰抱在膝上。

这时，玉兰四脚不能动弹，已没有丝毫抵抗力了，口里只是发骂。李钺哪里还容她分辩，把她身子的衣服剥尽了，搜了她一把大刀，十来支火眼金钱镖，将她的身体用被盖好，自己也脱得剩了一身褂裤，竟纵体卷入被窝。吓得玉兰把舌头都涨大了，看失身的大辱就在眼前，休说没有抵抗的可能，便是死也没有死法，心里更像刀绞刃刺的一样。看李钺越发要混账得不像个话了，只喊了鼎哥，便晕转过去。

昏沉间，像似魂灵已脱了躯壳，在空中飘荡，忽然耳朵里听小乙的娘唤着："穆小姐醒来！醒来！"

玉兰应声而醒，看小乙的娘拉着个淡妆的女子跪在床前，仔细看跪下来的淡妆女子，正是苏光祖的妹子苏玉瑛。

玉兰也不暇问玉瑛是否为吴小乙寻找回来，只向小乙的娘说了声："你好，你的内侄李钺在哪里，快取我火眼金钱镖，追取那东西的性命。若吃那东西逃脱了，我死后也将你性命追了去。"

苏玉瑛指着床下男子的衣服说道："我就是山西李钺，瞒着小乙，穿起这套衣服，报复你的前仇。如今仇已报了，我的怨恨也消了，却很愿意来向你赔小心，好同你再做个朋友。"

玉兰听她的话还有些不相信，伸手在被里探视，竟与往常无异，这颗心方才稳住，相信她说的话不假，即向玉瑛回道："请你快起来，这件事如何怪你呢？你这样报复我的仇，分明是前因后果，一报还一报，丝毫不爽，从此倒可减去我的罪孽。只是你这主意已想绝了。"

玉瑛听罢起来，小乙的娘便取一包解药，给玉兰服过。玉兰服了这解药之后，顿觉浑身骨节结壮起来，穿好了衣服，插了单刀，藏了火眼金钱镖，小乙的娘又叫她们对面行了礼，才对玉兰说道："主意原是老身想出来的，请小姐恕我无礼，老身只得实说了。

"老身从小姐动身，便到贵州来，遇见了玉瑛，曾对她显出一点儿能耐来。玉瑛见我有这点儿能耐，便要拜我为师，我只是不答应，吃她央求不过，便提出个条件来，要求她做我的媳妇，玉瑛满口承认。

"我带她到家中，和小乙厮见了，叫小乙也在她面前显出一点儿本领，才向她说道：'你做了我的媳妇，凭你的资质，未尝学不了我这点儿本领，不过在我跟前学成本领的人，处世待人总要礼让为先，非逼于万分无奈，不准伤人，更不准伤人性命。倘若你将来学成小乙这样本领，无端去伤害人性命，老身只还有一口气，哪怕你远隔千里以外伤了人，老身得信非常迅快，绝不肯饶恕你。'

"玉瑛听老身说完这话，便跪下来回道：'实不敢欺瞒婆母，我要苦苦学习武艺，为的就是要报一个人的仇辱。其余的事，都不暇顾及了。我只要报复了仇，以后绝不敢违背婆母，无端伤人性命。'

　　"老身听了，又向她说道：'若是要报仇来学本领，我不能禁止你不报仇。你的仇人是谁？你不妨告给我。'

　　"玉瑛遂对老身说出仇人是李友兰，老身问她怎同李友兰有仇，她把那些话对老身说完了，又说：'我若报不了她的仇，死后当为厉鬼，也押她到阎罗殿前，评一评这个道理。'

　　"老身听了，很惊讶地说道：'你的仇人不是李友兰，是云南女侠穆玉兰，我知道得很详细。'说着，便将你化名李友兰的缘故向她说了，又说：'凭你的资质，在我跟前就苦学了十年八载，那一点儿能耐，如何能伤害穆玉兰，报复你的前仇呢？'

　　"她听完我这话，点了点头，不由趴在我的怀里，只是痛哭。我当时想了想，连忙将她扶起说道：'你要学武艺报她的仇，是不容易办到的，我有个方法，包管在半月以内，报复你的仇辱，只不许你伤她的性命。'

"她这才揩着泪眼说道：'若是穆玉兰，孩儿非不得已，绝不肯伤害她的性命。即如她前次戏辱我，未必皆由她的不是，但孩儿虽明知穆玉兰是云南女剑侠，从"铁血"两字换来的名气，不同凡响，却万分丢不开当时的仇辱，若不有个报复的方法，孩儿就立刻死在婆母面前，也消不去胸中这股怨毒之气，望婆母说出个法子，省得将来冤家路窄，不是鱼死，就是网破，不是我死，就是她活。'

"我那时万分无奈，只得将这方法暗暗告诉她，并说：'你到报仇的时候，看清了她，就知她是云南穆玉兰，不是山西李友兰了。'

"她听了，仍然将信将疑，怕我的话不准确。我令小乙动身到青龙关时，已着她改换了男装，叫她学作山西口音，化名李钺，来报复你了。如今她的仇已报了，老身要在小姐面前领罪，如果老身不用这个方法，将来冤家路窄，便是小姐没存心伤害她的性命，她终不免死在小姐手里。目今唯有这一招，解去前嫌，谅小姐总该成全我，使小乙有妻，得延吴家一线之续，不致怒我无礼，得罪了小姐。"

玉兰道："吴太太说哪里话来？若得成全他们的婚姻，给我解去一个疙瘩，免得将来冤不平时，生生世世，报无休止。只要不损伤我的真价值，不拘给我什么羞辱，我都愿意忍受。好了好了，难得吴太太替我们排解，这冤仇便解结了吧！"说到这里，吴太太即令玉瑛换了一壶酒来，替玉兰把盏。

玉瑛斟满一杯酒，向玉兰笑道："请小姐放心，酒里的毒药是再不会有的。"

玉兰接过酒杯子，吸得空空如也，说道："我穆玉兰涉世以来，从没有做下什么损阴伤骘的事，落尽我脸面上的光彩。上次得罪了苏小姐，这是我重大的罪孽，我半生以来，也只有这一件罪孽，我细想起来，好不懊恼。难得吴太太想出这个好方法，使我这罪孽不致加重，总算我心里感激你们到一百分。"

说话时，忽听外面有个人说道："奇怪，她跑到哪里去了，连个影儿也看不见？使得我心里跳得慌，我的命运怎么这样不济？"

接着，便见吴小乙踉踉跄跄地走进来，看着玉瑛，只喜欢得手舞足蹈地说道："我怕你是跟随了什么野男子去，寻你不着，我就要去寻死。原来你已回来，我的魂灵才安放到腔子里去。"

玉瑛听罢，脸红红的，只不回答她什么。

小乙又拍着大腿笑道："你们两个人好起来了，

倘若穆小姐同我一样，看你斟酒给她吃，我还疑惑你又爱上了她了。"

小乙的娘听了，便向小乙喝止道："畜生！休要乱说，看你越说越没有好话了。"

小乙笑道："我说话就是这样糊糊涂涂的，直着嗓子吼出来，也不想想这话里得罪人呀！那李大哥到哪里去了？你们是怎样和好的，也该告诉我一声，没有打紧。"

小乙的娘回道："李钺已回去，你问他做甚？有我出来调停，天大的事，还不是地大的一个'了'字？"

小乙听了，只笑得口都合不拢来，说："我也讲这件事没有大不了，我的女人不是混账人，就算不得受了什么羞辱，用不着怎样报复。苏大舅不是一样难为情吗？他能认定穆小姐是个女中豪杰，把这事早化得冰消瓦解。偏是我这女人，气量太小，直到这时候，才同穆小姐和好起来，可见得女人家是个直肠子，不及男子汉心地光明，胸怀磊落。"

说着话，便从身边掏出一小串钱来数了数，向他的娘笑道："孩儿这时快活极了，有我女人陪着穆小姐吃酒，我不便坐下来，闻得这阵阵酒香，喉咙里有些怪痒，禀告娘一声，孩儿要到山坡酒家去吃到痛快。"一边说，一边便笑哈哈地走出去。

小乙的娘便向玉兰说道："这孩子总由小时候娇惯得过甚了，养成他这种糊糊涂涂的样子。"

玉兰道："大智慧才能有大糊涂，苏小姐有此丈夫，这正是苏小姐的造化。我回去通知苏寨主，包管他听了欢喜。我要来吃这一杯喜酒。"

话休絮烦，单说玉兰吃完了酒，别了小乙的娘、玉瑛二人，回到贵州落峰山，见了苏光祖，便将那夜的事对苏光祖说了。看苏光祖现出很愤恨的样子，半晌并不回话。

玉兰道："寨主莫非是不愿和吴家结亲吗？"

苏光祖道："这是天大的好事，哪有不愿意的道理？只恨你来迟了。若早来三日，这宋小姐断不能被哈知府抢夺了去。"

玉兰蓦地听到这句话，不由急得直跳起来。

欲知后事如何，且俟十一回分解。

第十一回

灵心拈鬼卦惨受鸿离
毒手逼贞娃几遭虎口

话说苏光祖当下对玉兰说道："我只恨穆小姐来迟了，若早来三日，这宋小姐绝不至被哈知府抢了去。"

玉兰蓦地听他的话，不由急得直跳起来，说："怎么样，怎么样？一个四品官儿，怎抢着良家女子来？请你快快告诉我。"

苏光祖道："哈知府这厮，唤作哈林，是个满洲人，年纪只有二十来岁。他的哥哥哈突，是北京的红人，拉拢哈林在开州做个知府官儿，三年任满，哈林便在开州结识一班水强盗。从此去官不做，竟做了开州城里坐地分赃的大强盗，仗着他是旗人，背后有一把泰山椅子，手下的党羽又多，在开州城的势力，没有人能赶得上他。凡有到开州地方上任的官，没一个不巴结哈知府的，若是懊恼了他，不论这人是怎样的好官，这脑袋便靠不住，丢去了前程，就算造化。便是江湖上的朋友，要在开州混碗饭吃，不去拜谢哈知府，他便打碎你的饭碗，轻则立刻驱逐你滚蛋，重则就拿你开刀。

"哈知府出门的时候，有保镖的许教师，领着无数凶神恶煞，前呼后拥，摆尽他的威风。撞见了年轻貌美的姑娘们、嫂子们，哈知府便亲自上前胡调一番。若是顺从了他，便没有事，若是强硬的妇女，哈知府立刻招呼许教师，吆喝手下的党羽将她抢回家去，不被他奸污，就免不了送掉性命。

"日前，有鲤鱼堡一班小光蛋投到哈在府那里，在他跟前称赞宋家的雅宜小姐是如何才学、怎样的漂亮，把哈知府的心说动了，立刻派了许教师，同两个有本领的强盗，到宋家墩来，不由分说，将雅宜小姐抢劫了去。早惊动了鲤鱼堡的喽啰，追赶前来，那姓许的在后面护押，追赶的人见他骑了一匹快马，手里扛着一把大刀，打马向前飞跑，因从他背后看不出他的面目，喽啰也骑着马，每人执刀扛枪，身边都带着一把弓、一壶箭，看他越发跑得快了，吆喝了一声，个个拈弓搭箭。

"姓许的听得后面箭响，恰好前面有个大坟茔，连人和马都伏在坟茔那边，追赶的喽啰像是毫无见识，各人在后面纷纷放箭，有数十支箭落在坟茔这边，没一箭能射中姓许的人马。

"姓许的待他们身边的箭都放完了，转来拔得十几支箭在手。那时追赶的喽啰只离他有半里远近，姓许的便拿一支箭，捏在手指中间，对准当先的喽啰射去，比什么都飞快，当先的喽啰心口中了箭，翻落马下。接着第二个喽啰又在马身上哎哟叫了一声，这喽啰也被姓许的一箭射中脑袋，翻身落下马来。第三个箭中在左膀上，倒马原没有死，却被后面的马赶上来，这马蹄踹伤要害，送了性命。后面的喽啰见第四个喽啰又翻落在马下，一支箭射在咽喉间，鲜血直喷上来，恰是第五个喽啰又倒落马下，箭穿了肚腹，也死于非命。未曾被害的喽啰才看见这姓许的模样，世间有开弓不放箭的能人，却也有放箭不用弓的好汉，没奈何，只得兜转马缰绳，向斜刺里逃命。姓许的也不追赶，上马扬鞭，意气扬扬地去了。

"众喽啰们回到山上报信时，宋老翁早来了，但宋老翁哭说雅宜被抢了去，不知道究竟被什么人抢了去，就因为那姓许的没有撇下道路来。及鲤鱼堡驻防的喽啰禀告了我，并说骑在马上，不用弓放箭，是个什么样好汉。我一想不好，这是哈林那个囚攘，打发他的教师许彪，来抢去宋雅宜小姐的。可恨这厮在开州，我在落峰山，各有各的地盘，各走各的道路，鱼不帮鱼，水也没有犯水。从我受过你一顿教训，曾差我心腹人到开州去，苦口劝这厮整理绿林的规矩。差人回来说，这厮略说几句客气话，并看见鲤鱼堡的一班穷光蛋在他那里充当护卫。

　　"我正想亲自再去劝慰一番，料不到这厮竟有吃虎的胆，抢了我地方的人。我那时险些把胸脯都气破了，即点起百名马卒，骑上我的鬇毛狮子乌骓马，追赶了百余里，打听那姓许的去得远了，两个强盗已将雅宜小姐带上船，好大的北风，一路送到开州去了。恨我不谙水性，并且水路的船只大半都是哈林的巡船，每条船上的船长，他们的本领也有及得梁山泊的活阎罗阮小七、浪里白条张顺的，我只得收兵回山，先请宋老翁回去。想同他硬来，怕不中用，便差人到开州去，愿送三万款子到哈林那里，刻下差人没有回来。

"哈林已打发人到我寨子里说，这是鲤鱼堡人在他跟前弄的事，刻下这位雅宜小姐，哈知府已承认做他二十七房的姨太太，明天便成亲了，要我派人去吃他娘的喜酒。

　　"我听得这些无礼的话，气恼已极，勉强用好言将那厮打发回去。那厮动身还去不多远，眼望到你是来了，你想想这事该怎样办。"

　　玉兰听他这一篇话，早气得一言不好，好大一会儿工夫，才苦笑道："这哈林是满人的裔孽，我也不能怪他。这厮真是那些残恶无道、囚攘满人的现身榜样，休说雅宜小姐身有大难我不能不去救她，便是我听这厮在开州地方捣乱，不给我知道便罢，既给我知道了，我纵要叫他认得我们中国人的手段。寻常人从落峰山到开州去，要走湄潭、龙坪、清水一段水路，我是不要走着这些险道儿的，请你这里派人去通知宋老翁，叫他放宽心怀，且搬到山上居住，我立刻到开州去。不救出宋雅宜小姐，我也没有这张脸再见他们老夫妇了。"

　　旋说旋向苏光祖作别，下得山头，准备到开州去。

　　苏光祖这边，自从玉兰的吩咐，将宋铎夫妇带上山来，等候玉兰的消息。且按下慢表。

单说雅宜在先从穆玉兰去后，看过了十四五日，只没有回来，心里觉得无聊，兀自在房里用着两个红绣鞋拈鬼卦，那两个绣鞋连拈两次，都是拈的阳卦，第三次才拈了个阴卦。看这拈的卦的爻词颇不利，着实吃了一惊，转怕她的夫婿准下来的亲事，将来要发生变卦。不料这时候，听得门外人嘶马吼的声音，如同上次落峰山的强盗一样务得声势厉害。雅宜是个惊弓之鸟，心里不由得有些跳动起来，房外却闹来几个婢仆，慌慌张张，像似有大祸临头的样子。

雅宜忙惊问道："什么事，这样的大惊小怪，可是外面又有兵马杀得来吗？"

众仆妇吓得说："大……大事不……不……不好！"各个都用手抱着脖项："怕外面人已经进来了。"

雅宜待要再问下去，忽然仆婢齐齐叫了声："大王爷来了！"

这声才了，即见门外闪来个短衣窄袖、三十来岁的汉子，手里拿了一把大刀，雄起起地飞跑到雅宜跟前，用手在她顶梁上一拍。雅宜叫了声苦也，便将双目一闭，像似周身已失了知觉，梦里还看见那汉子拿着大刀，向她露出狰狞的面貌。

忽然听得有人唤了声："宋小姐!"雅宜才悠然醒转，开口便叫出一句亲娘来，睁眼一看，分明睡在很华丽的床上，面前站着一个旗装的少年，满脸私欲之气、恶俗之骨，是个仗着绫罗锦绣装外表的风流荡子，闪动两只水汪汪的眼珠，注视雅宜。后面立着一个人，正是在雅宜头上拍着一巴掌的汉子，这时仍穿着短衣小袄，外面却披了一件长衫，凶眉恶眼，形象甚是可怕。还有一个小丫鬟，站在少年身边，也打扮得同个玉娃娃相似。

　　雅宜心里委实害怕极了，不禁向那少年问道："你们是什么人？无端把我带到这里，看你们是没有好良心的了。"

　　那少年见雅宜开口说出这几句话，转身向后面站着的汉子说道："许教师，且到前面推牌九去。大前天你很输了几十张票子，今天你要去，同他们捞回本来。"

　　许教师许彪明白这是大人遣开他的意思，便挺腰凸肚地走出房去。

　　那少年正是哈林，当向雅宜含笑点着头说："你看我是个什么人？我告诉你，我做过知府的，也做过强盗，你看我将你带到这地方做什么？"

雅宜流泪道："现在做官做强盗，大半是一流人物，我不问你做过知府也好，做过强盗也好，你要抢劫寻常的妇女，这是凶恶不法的行为。我是个弱女子，不能替受害的人打抱不平，今日却轮到我的头上来了。你要知道，宋家的姑娘不是好欺负的，你今天要想欺负我，怕你这脑袋就要被我的表兄砍去了。"

哈林笑道："你的表兄是谁呢？"

雅宜道："粪桶也有两个耳朵，难道你不听得江湖上有个李友兰吗？"

哈林大笑道："我道你是什么表兄，原来不是你的老公呢！我笑现在做姑娘的，大半都称说未上床的老公是她的表兄，我着实猜不到这话是什么意思，要拿什么张友兰、李友兰来吓我，我是吓不倒的。你看我这痨病鬼的样子，我的本事比李友兰大，如果我怕你所说的一个表兄，我也不肯将你抢到我这地方，要上床做你的表兄了。"说着，即挨近床沿，向雅宜现出十分轻浮的样子。

雅宜喝道："做什么？你这王八，要我的命吗？我的对头到了，这性命便交给你吧！"

旋说旋向床柱上碰去。却被哈林一把接住，一时气恼起来，揪住她的乌云鬓发，顺手拖到地下，一声

128

吆喝，早有哈林两个长随从，在房外拿了条绳子，同一根皮鞭子进来，将雅宜的四肢都捆了个结实。

哈林便指着她骂道："你这贱货，可知道本府是个采花的太岁，便是织女天仙，不落到我的眼里便罢，一落到我眼里，任死也逃不了。我有二十六房的姨太太，我要怎样，她们敢回我说是那样？偏是你这骡子骨的贱货，胆敢飞金溺壶，对我装着憨腔，显得她们都是歪货，独你一个人正气？休说我这脸蛋子还不错，在开州城里出得十足的风头，没一件配不上你。即令我是个小强盗，没有什么声势，生得瞎眼睛、歪鼻子，染着一身的大麻风，我要你一个高兴，你还敢对我扭一扭吗？我看你这贱货，不打是不出血。左右！且给我打个下马威，叫她睁开乌眼，认得我的厉害。"

这一声令下，那两个跟随早将雅宜高高吊起在梁柱上，由一个长随拿着皮鞭，那种凶神恶煞的样子，叫人害怕极了。

偏巧在这时候，进来一人，现出又松脱又娇嫩的声音喝了声："住手！"

那长随便立在一旁，看来者不是别人，正是府大人的大太太。原来哈林这位大太太，花名唤作蕊红，原是堂子里的姑娘，被哈林看中了，收进了房。恰好哈林原配的妻子害气蛊病死了，哈林便将蕊红托高起来，做他的大太太。蕊红深知哈林的脾气，每天要弄个女子换着新鲜，要想擅专房之宠，是绝对办不到，不若就迎合他的心理，不做酸醋，只做饧糖。凡有哈林抢劫得来的女子，总由蕊红千方百计将这女子说得哄动了心，做哈林的姨太太。哈林收下二十六房姜小，那些人的贞操一半都算伤失在蕊红手里，如果蕊红出马，再说不转她，这女子真是心如铁石，保全了贞节，就休想有个活命。

这番蕊红恰巧走进房来，喝令那个长随退立一旁，便轻轻走到哈林身旁，附着他耳朵说了几句，不知说些什么。

哈林道："这贱货真好大胆，骂我是王八，我恨不能立刻打死她。"

大太太笑了笑说："我不叫你做王八乌龟就好了，难道你是真个要人家的命？"

哈林道："也罢，既然太太替她求情，且寄下她这一顿下马威。"说着，便带两个长随去了。

蕊红叫这小丫鬟唤来几个年纪大些的丫鬟，将雅宜从梁柱上放下来，放在床上，解去了绑绳。可怜雅宜已吊得昏晕过去，像似没了知觉一般。忽见那大太太挽着她在怀里，有许多的丫鬟，大家都围拢过来，有送姜汤的，有要哺着人参喂她的，好像把荆天棘地的枉死城登时就改换得花团锦簇，心里转摸不着头脑，便哽哽咽咽，向蕊红问道："姐姐面生得很，怎救了我的性命？"

蕊红略笑了笑，说："不瞒宋小姐说，我是府大人的大太太，今天听我们大人把小姐安顿在这房里，我想来看看小姐是个什么样儿，刚走进这房里来，恰好见把小姐绑上去打，幸得大人看我的面子，免得小姐这精皮肤一顿打。"

雅宜哭道："便打死我，也没有要紧，与其活着受罪，不若得死了倒还爽利。"

蕊红道："小姐上有父母，什么路不好走，单向死路上走？你便要寻死，能够同你父母相逢一面，也是好的。"

雅宜听到"父母"二字，那寻死的念头竟像春天的薄水，被东风吹得渐渐融化了，心想，李郎或者早晚到我家中，知道消息，凭他的本领，能救我出险，我们何尝没有骨肉相逢的机会？不若将计就计，暂缓一死，再着计较。想到这里，便向蕊红央告道："承大太太的情义，救了我的性命，总望大太太救人救彻，要保全我的身体。"

蕊红听了，忽然现出很吃惊的样子，说："你看那来的是谁?"

要知后事如何，且俟十二回分解。

第十二回

红姑娘甘言诱处子
女道学咽泪哭情人

话说蕊红听完雅宜的话，忽然现出很吃惊的样子，向门前指了指道："你看那来者是谁呢？"

雅宜转脸看时，那哈林便现到她的眼前来了，心里只是簌簌地跳。却见哈林分开众丫鬟，向蕊红问道："怎样的？这顿下马威，问她可容我寄下来？"

蕊红笑道："你想这样的猴急，是急不出什么道理来的。后天是个上好的良辰，我看着你们吃交杯酒，你不要过了河，就拆桥，须得要重重谢我一个大媒。"

哈林竖起大拇指笑道："我相信你的本领，能使天上嫦娥许配天河织女，广宫仙女嫁字玉殿妃嫔。"

蕊红道："那是四个女人，怎么女人也嫁起女人来了？"

哈林笑道："女人不能嫁女人，你把她抱在怀里，为的何来？我这时转恨不如你们女人了。"

几句话说得蕊红和众丫鬟都笑了。

蕊红笑道："我问你，你是一个男人，只派你一个女人，你为什么要弄这些女人呢？"

哈林吟吟一笑道："你又来了，我们男人玩弄女人，就同蜜蜂钻着鲜花一样。男人不玩弄一个女人，犹是蜜蜂不专采一朵花心。"

蕊红伸手指着哈林的眉心戳了戳，笑道："你既是钻花的蜜蜂，却为何要揉碎花枝呢？"

哈林道："这道理连我自己也解说不来，我爱女人是这样，我爱江湖上有本领的人也是这样。我要这有本领的人归附我，若肯归附了我，我的喜欢就到了极顶，不肯归附我，我就望她速死，不使她为别人利用。我要这女子做我的心上人，这女子若是肯做我的心上人，我就快乐极了，不肯做我的心上人，我也望她速死，不使她再糟蹋在别人的手里。"

蕊红笑道："你看宋小姐的眼泪又流下来了，你到前面去，和他们去推牌九耍子，不要疯疯傻傻再说

134

出这些混账话。"

哈林道："我向来说话一句是单，两句是双。她若好好顺从了我便罢，若不好好顺从了我，便打死她，也不还给她女孩儿的清白身体，只怪她是汉人的女子，不是我们满人同族，他们汉人，祖宗世代都做了我们满人的奴才，只要我们满人不侵犯满人，如果来对待你们汉人，就杀死千百个人，奸污了千百个女子，有冤也没处申，谁敢拿我姓哈的办罪？哈哈！这总由他们汉人生就了奴才的命罢了。"说完这话，才摇头晃脑地走出门去。

蕊红便望着雅宜说道："你听见了吗？你要我保全你的身体，那时候不但不能救了你的性命，你的身体就死也不能保全了。我劝小姐马虎一点儿吧！我们这位大人，你要是顶撞他，他就像一只虎，好把你皮肉心肝都吞噬下去，他才肯甘休。你要是降服他，他的性格又转像一匹小绵羊，俯首帖耳，拜倒在你石榴裙下。我劝小姐马虎一点儿吧！"

雅宜哭道："请太太做做好事，终须要成全我这清白的身体。论理我们汉人既做了满人的奴才，他要我怎样，我还敢那样？无如我已许字那个姓李的，这身体已不是我有的了，我宁死也要给姓李的保全身体。请太太在大人面前替我说些好话，只要大人不侵犯我这身体，就在大人这里做丫鬟、做大姐，我是很愿意的。大人原是天潢世胄，又有这么一手遮天的好本领，凡我们汉人当中的，未经许字人家的女子，大人拣那女子有点儿姿色的，他要多少，还不是有多少侍奉他的枕席，何必争我一个可怜的女子呢？"

蕊红笑道："大人要娶你做他第二十七房的姨太太，就怕你这个好模样儿仍糟蹋在奴才手里，不是大人少了姨太太要娶你的，我敢给大人夸一句海口，像他这样又会文又会武的大人物，地方上公私各事都少不了他，这是他爱上你的模样儿真好。可知有许多人家争把年轻的女儿送给大人，大人怎把那些脂粗架子看在眼底？丫鬟都在这里，我岂说谎话？你说那个姓李的，你要给他保全清白身体，你可想想，一班油头滑面的男子，他们的心肠最是靠不住的。天生下人来，我们不幸做了女子，那么钢刀一割的苦痛，迟早是免不了。一个女孩儿，只要一生快乐到了极处，什么身体不身体的话，怎顾得许多呢？这身体本是你的，你不用它享着快乐，要保全你的清白，未免就暴殄天物了。你顺从了大人，吃的是珍馐，穿的是绫罗，戴的是珠钻，睡的是象牙八宝床。在你原不见得就少了什么，何苦来要为一个男子守着贞节呢?"

雅宜听她的话，把耳朵掩起来说:"姐姐别要说了，要把我的耳朵都听得腌臜了，姐姐看你现在所享受的是快乐，而我觉得无一处不是烦恼，人各有志，可是换心丹也换不转我的心来。姐姐且请自便，我死也好，活也好，打的我身上肉，疼不到姐姐肉里的心。"

雅宜才说到这里，忽然有个丫鬟进来说道:"大人现在大太太房里，请大太太去谈心呢!"

蕊红听了，便唤过房里一个丫鬟，将雅宜扶定了，吩咐她们日夜在这房里轮流护守，违令的就得脱去裤子，罚跪在宋小姐面前一炷香。众丫鬟都连声遵命。

蕊红随那丫鬟走到自己房里，看哈林睡在床上，见蕊红来了，便一骨碌捵起来说:"怎样怎样? 可有得我谢媒的时候? 我告诉你，今天飞烙铁苏光祖打发个人来说，他情愿垫出三万两，要将姓宋的女子赎回去。这苏光祖实则非我们同族的人，却也挂着我们旗人的籍贯，彼此都还有点儿情面。若这姓宋的女子不肯随从我的心愿，将她送到黑虎寨去，得了三万两，也叫苏光祖的颜面上过得去。"

蕊红笑道："照这孩子神气，看来不是容易到手的。大人要得这三万两，就将这孩子放了吧！"

哈林哈哈笑道："这是我讲的玩话，你如何认真？苏光祖当初要抢宋家的女孩子，无端走出姓李的傻瓜，打断了他的好事，反看这孩子同姓李的有了关顾，转要成全他们的一对儿良缘。如果苏光祖要将这孩子讨回去，做他的女人，尚没有这样容易的事情，何况讨回这孩子，去巴结那姓李的傻瓜呢？他要讲讲交情，我请他吃杯喜酒，就该来出我的贺仪，想用三万两来赎取我的人，他是小觑我见钱眼红，想发他三万两的横财，减少了我面子上的光彩。那姓李的只是学得类似红莲教、白莲教的邪法，哪有什么真实本领？难道我们满人还怕他们汉人吗？任那姓李的有三个头、六条臂膊，苏光祖相助他来对付我，也只有兵来将挡，水来土掩。这孩子到我这里，我已看中了她，放她回去的话，请你给我收拾起来。我看你哄动女孩儿的心肠最是一等的手段，任凭那女孩儿心坚如石，你也能在石头上钻出一个洞来，请你快给我想个法子，我须不是过了河就拆桥的。"

蕊红沉吟了一会儿说道："这孩子听说很读过几

年书，中了古圣人所谓三贞九烈的邪毒，小儿女不是过来人，如何解透风情？也没有半点儿心在你这里，你便怎样地抬举她，是没有用处。要打死她，还不是白白坑害一条性命？但我的意思，在死棋腹中还有这两个仙招，不知道你看她的模样儿，总以为怎样。"

哈林道："在我眼中看来，美是美极了，但听那鲤鱼堡人传说，那姓李的傻瓜还比这孩子生得美，我只恨那姓李的有了个卵子，为什么这样美人儿胎子是个男子？造物赋形也太错了。就因造物赋形太错，那姓李的做了我的情敌，但耳闻不如目见，我总以为姓宋的孩子便在画图上也没有见过。我不看她生得美，这三万两不日便送到我的仓库中了。"

蕊红道："照你这样讲说，我就说出这两个仙招来，你依着我做去，打动她的情怀，谅她意志薄弱，她的淫思一发，和那些三贞九烈的道理冲突胸中，而深思多半能占最后的胜利。若第一招不行，我再做第二招，总能买得她的心，受得起你的抬举。"旋说旋向哈林说出第一个仙招来。

哈林笑道："这第一个仙招，就得先用你开刀。"

蕊红道："呸！"以下便不说了。

两人手挽手儿到雅宜这房里来，关起房门，做那第一招。作小说的被关在房门外，不明这一招是怎样的法，但据雅宜后来对穆玉兰说，哈林这东西真不是个人生父母养的，竟在房里点好了大蜡烛，同蕊红及众丫鬟都脱得精赤条条，一丝不挂，叫唤无端，嬉笑百了，做出那禽兽不如的事，连丫鬟都没有个免得他污辱一场。雅宜但学个女中柳下惠，虽看他们坦荡裸裎，终当作目无见、耳无闻，反以此为她练就贞心的一种工具。后来看他们越闹越不像话了，只是低眉合目，装着入定老僧模样。他们闹厌了，雅宜也就到大槐国里去了。

蕊红看是这第一招不行，同哈林更衣，回转房中，向哈林说道："看你这银样镴枪头，我恨起来，要唉下你的心头肉。你想这第一招不行，是什么缘故？"

哈林道："我不懂是什么缘故，这第一招不行，恐怕第二招也不行了。"

蕊红道："你看不出第一招的缘故，如何说第二招又不行呢？我告诉你，要听准了，我们刚做第一招时候，看她不是低眉合目打睡盹吗？我想她还是心领神会这第一招的妙处。"

哈林道："后来怎样睡着了呢？"

蕊红道："这话就牵说到第二招了，她领会我们第一招，淫思已发，便战胜了古圣人所说三贞九烈的邪毒了，只是她心里牵挂着一个爱人，偏是她这爱人同你的面貌比较生得好，她因这第一招打动了情怀，便想到爱人身上，就在梦里去寻她爱人。你看她睡时两腮窝里现出笑容，才知她在梦中寻到她爱人的快乐呢！"

哈林笑了笑，说："请你快说出第二个仙招。"

蕊红附着哈林的耳朵说："只需如此如此，你就照这第二招做去。"

哈林听了，说："杀头的，你这门槛太精绝了。"

蕊红道："门槛虽精，到头来终怕是没有好处。"

哈林道："你这是什么话？"

蕊红道："我的母亲在他手里，要破坏成千累百的女子贞操，惯替一班嫖客淫棍拉马，我这些门槛是我母亲传给我的，可是我母亲在时，有多少官场中的红人没有个不把她当作娘一般的孝敬？但她死得甚是可怕，害了一身毒疮，溃烂得看见脏腑了。死后只留我兄妹们几个现世报，我是沦落烟花，幸得你拔我出脱苦海，我有两个哥哥，他们也是多年的嫖客，变成了乌龟，早已穷得没有事做，在南京秦淮河那个地方，各人靠着各人养的女儿，都有些隐隐动人的桃花水色，就在那地方，开了一个野鸡堂子。"

哈林笑道："你讲的这些话，就中了你们中国向来谈因讲果的邪毒了。像我们这种门阀，子子孙孙再也不会沦落到这般地步。闲话少说，我们就在今天晚上，快做这第二招吧！"

这晚，蕊红来到雅宜房中，向众丫鬟说道："小姐心里想念她父母得很，你们轮流给我唱几套我所喜听的曲子，给小姐宽一宽心。"

众丫鬟听了，各取了三弦、胡琴等乐器，你唱了一曲《十八摸》，她唱了一出《四季相思》，所唱的无非是极邪极淫的一类春调。曲子唱完了，蕊红便叫丫鬟来喂哺雅宜喝参汤。雅宜喝了几口，便装作要睡的样子。蕊红脱了衣服，陪着雅宜睡，众丫鬟轮流在房里护侍。雅宜哪里睡得着，好容易才合上眼，便看见心中那个李友兰到这房里和她说话，却好哈林从房外走进来，李友兰喝声着，一支火眼金钱镖早打在哈林咽喉上，哈林叫了声哎哟，便向后倒下，喉咙里射出许多鲜红的血，直挺挺僵卧在血泊里。

忽然蓦地醒来，听得外面有人直着喉咙叫道："大太太快起来，不……不……不好了，不……

不……不好了!"

雅宜只不知梦中的事情果真应验了吗？这时，蕊红倏地翻身坐起，向房外问道："你们如何这般喧嚷，敢莫是有火了?"

外面有人回道："不是火，是人。大太太哪里明白，大人在厅上推牌九，有个李友兰闪进来，大人的性命看要断送眼前了……"

话犹未毕，忽然又有人跑来说道："不用惊动大太太，那李友兰已被许教师腰斩了。"

雅宜猛听得这一句，只管战栗不安地发抖，抖得床上都有些颤动。

只听蕊红骂道："既然李友兰被许教师腰斩了，总算大人打个胜仗，你们这些囚攮养的奴才，为何雷一报雨一报地造谣生事……"

话犹未毕，忽听身边有人叫了声："李郎，李郎!这种脓血酒浆、暗无天日的世界，虽死犹生，俺们好一同去吧!"

蕊红听罢，怕这第二招又闹僵了，忙来扯着雅宜。

雅宜悠悠叹了一声，说："罢了罢了，我这人生原是做的一场清秋大梦，求太太开一线之恩，对大人讲明了，容我这可怜的女子到我丈夫尸前痛哭，也不枉夫妻一场。小女子虽死，亦知他是来寻大人的，断不敢衔怨大人，太太其许我。"

欲知化名李友兰的穆玉兰，究竟生死如何，且俟十三回分解。

第十三回

积恨难填美人愁绪
大恩必报侠盗心肝

　　话说雅宜这时听说李郎已被人家腰斩了，此生断不能再和父母相逢一面，李郎未死，我还有个活命，如今李郎已死，我就保全这身体，能和我父母相逢一面，却见不到李郎了，便活在世上，还有什么趣味？心里已准备一死了事，还有什么话对蕊红说不出口？

　　蕊红却误会了，以为她这第二招果然有了效用，听雅宜话里的意思，还当作在做第一招的时候，早已惹动雅宜的情怀，而在势不能同哈林一拍即合，就因她心中尚横塞着一个李友兰，如今她听说友兰已死，未有不恻然心痛。但既除去她心中横塞，要她同哈林言归于好，以下的话，就慢慢容易办到了。只一句答应她的话，却又转个计较，叫两个丫鬟把雅宜扶坐床上，披衣而起，到哈林那里兜了个圈子，转来向雅宜说道："许教师已将他的尸骨着两个下手送到横滨河里水葬了。"

雅宜大哭道："我虽未杀李郎，李郎转因我而死。我想起他致命的仇人，不由我不衔恨那姓许的入骨。大人若将这姓许的杀了，把人头带到我这房里验看，总算给李郎报了仇，我就将这身体交给在大人手里，只要大人再替我请些和尚道士超荐李郎的灵魂，李郎感激我超度他的功德，死在九泉之下，必可怜我这苦命人，不惦记我失身的仇恨。"

蕊红哪里明白她说这话的意思，是想哈林同许彪火并起来，能够杀了许彪，一则许彪是杀我丈夫的凶手，我不能饶他，再则也给哈林砍掉他的臂助，以后自有计较，将哈林劝醉了，报我丈夫的大仇。我丈夫报了仇的时候，正是我殉死自裁的时候。幸得蕊红听她的话，只猜不着她说这话的心眼儿，转自言自语地想道："这妮子的手段倒还毒辣，她能在我面前叫我对大人说要结果许教师性命，安知她不衔恨我？在大人面前仗着她的苦肉计，转来要我的命？人无千日好，花无百日红，这妮子须不是我的手腕可以牢笼

146

的，我这第二招虽有准验，怕于我本身再有祸变，我吃不了还要兜着走呢！不若转个计较，不做这个饧糖，打发这妮子回去吧！"心里虽则如此想，口里仍嗳嗳答应雅宜的话。转到房中，看哈林还在那里等着消息呢。

哈林因蕊红面上神色不对，便问道："闹僵了吗？原来你这两个仙招都又变成死招了。"

蕊红自己用手打着自己的手说道："怪我做了三十年老娘，竟倒绷起孩儿来。只缘这孩子是个妖怪，偏会在我手心里打着筋斗。"

哈林道："不行该怎样办呢？"

蕊红道："不行就好在她身上，叫宋铎再拿出五万两，好在那老儿是个肥鹅，五万两油水也榨得出来，大人可共得八万两。"

哈林道："无如我已打发黑虎寨人回去了，并且我这里的规矩，有抢来的女子，不肯降服我，一顿馄饨汤，就了她的账。八万两银子易来，我这里的规矩是坏不得。但你看她的意思，还有得计较没有？"

蕊红道："母鸡孵不了没缝的蛋，若还有半点儿计较，我的计较正多得很呢！那女子真是铜浇铁铸的心肝，这时她的话越对我说得太容易，我看她的心越不易揣度。你想和她同衾共枕，她未尝不答应，你小心些，我向来不说人坏话，就怕她在那时候要一把捏碎你那家伙，你纵懊悔，也嫌迟了。"

哈林听罢，不由气得毛发直竖起来，便叫过一个人，向那人吩咐说是如此如此。那人领命去了。

雅宜正在房里，想起李郎的大恩，他已准许做我家的女婿，这婚姻打算稳稳重重了，偏生李郎到我家中三日，便出了这种岔事儿。如今李郎因救我死了，看来我的死期又到眼前，可怜我同他两颗心，虽已生死解拆不开，但好合还没有一次，我细想起来，叫我怎不怨恸？我欲给李郎报了仇，自然是以一死塞责。

雅宜想到这断肠之处，那眼泪也就潸然不已。还打算哈林中她的计算，将许彪杀了，再想用酒劝醉哈林，乘间报复李郎的大仇，便死也值得了。又念一死以后，要哭干了我父母的一瓢眼泪，劬劳之恩，我已不能答报，唯有再等来世吧。

雅宜越想越觉辛酸，忍不住便在床上号哭起来。丫鬟们都围着前来劝解说："人已死了，小姐便由今夜哭到天明，再由明天哭到后天，便哭断了肚肠，怎能将死人哭转过来？"

雅宜哽咽道："哭是哭不转来，不过我想你家哈大人竟容得那个姓许的将死者的尸首送到横滨河中水葬，生死都不能同李郎再谋一面，不由得我心里不能不悲恸。"

正说到这里，忽有两个人进来说："大人在厅上，要问宋小姐呢！"说着，即令丫鬟们扶着雅宜到厅上来。看哈林坐在厅中间一把椅子上，两边分站着好些凶神恶煞的汉子。便是那许彪，也站在哈林背后。

哈林见雅宜到来，说："李友兰已死了，你现在要怎样对我呢？"

雅宜拭泪道："我的意思已让太太转禀大人了，李郎已死，叫我将来告谁呢？"

哈林道："李友兰死了，还有我呢！你得同我解释冤仇，言归于好，做我二十七房的姨太太，须对我一笑。"

雅宜心想，我这时已痛恨极了，但欲实行我胸中的计算，为李郎报仇，除我失身以外，什么事都可以答应他。想到其间，把眼泪揩了揩，瓠犀微露，向哈林乜了一眼，忙用手帕遮着嘴，两边也笑起两个酒窝来了。

哈林点头，却冷冷地笑道："奇怪，我看你这一笑，倒惹我疑心起来。太太的话果然不错，左右！快给我将她送到横滨河去，一碗馄饨汤了去她的账吧！"

一声令下，便把她放在箱子里面。

雅宜到这时候，自知去死路不远了，似乎有两个人抬着她，约走有好多会儿工夫，觉得抬着的人已将箱子放下来了，耳边听得橹声欸乃，水声潺潺，不过两种声音很低微罢了。忽然这两种声音放大了，原是那两个人开了箱子，将雅宜从箱子里拽出来，船已泊在横滨河心。

雅宜在星月光辉之下，看见那两个人，每人手里都拿着一把明晃晃的大刀，但听这个向那个说道："小徐，我有件心事要同你商量。现在你我皆已是十七八岁的人了，都是童男身体，对于男女之间那种玩意儿，是个门外汉。难得大人叫我们干这优差，正不妨将船拢近了岸，大家好同这姑娘快乐一番，然后再送她吃馄饨汤去。便是大人知道了，有什么要紧？"

小徐憨憨地笑道："王大哥，怎么你讲的话，一拳就打到我的心坎儿里？我们就将这划了拢近前岸，事体完了，只要你我不去胡说乱道，外人怎知道我们干的事？"说着，便由那小徐摇着橹，顷刻船已泊近前岸。

雅宜只吓得连心肝都破碎了，身可杀，这贞操是不可失的。心里虽是如此，能有什么好方法抵抗这种强暴举动呢？眼看身死以后，李郎的冤仇不能报复，失身的大辱又迫到眉睫间了，雅宜这时胸中的苦恼，正如有千百个绣花针在心肝上乱戳乱刺的模样。

又听那姓王的向小徐指着手笑道："你来，你的脸子比我白净些，同这姑娘也配得上。"

小徐笑得哈哈地说："大哥倒让我先来吗？"旋说旋走近雅宜身边，向雅宜合手道："宋小姐，请恕我无礼，我得罪了宋小姐，就叫小姐吃着馄饨汤。"边说边手舞足蹈，有些疯疯傻傻起来。

雅宜使劲儿将牙齿咬了咬，面上顿现出灰白的气色，心想，做人到了我这种地步，要算连犬马都不如了。心里这一想，那眼泪简直又流个不住。

姓王的又在旁说道："小徐，你要在星月之下干这种事，便不怕天地鬼神，但夜凉如水，得了阴寒症，须不是当耍子的。须把这姑娘拽到舱内去，那里有的是被褥，既舒适又温暖，这是何等写意的事！"

小徐只是憨憨地笑，低头来拽雅宜。

忽听小徐哎呀一声怪叫，雅宜觉得有个圆笃笃的东西从她身边滚过去，红红的水喷了一身一脸。再看那姓王的，口里含着一把杀人的刀，手里抱着个没了头的尸级，扑通声响，便向水中扫去，从容拾起圆笃笃的人头，也投入河水中流，揩去刀上的血迹，插入鞘子里，口里却自言自语地笑道："未请宋小姐吃馄饨汤，先饶这厮受用一下大刀面吧！"笑着，便一举手，将雅宜抱在怀里，跨上了岸。

恰好前面有座树林，那姓王的将雅宜抱入树林深处，方才放下，解去她身上一道一道的绑绳。雅宜猜想他的举动，分明这东西杀了小徐，想独自把我抱到这里，饱尝他的兽欲。想到这种伤心的耻辱，那真魂也就模模糊糊，像似脱离了躯壳，嘴里只是乱叫："苍天，菩萨！怎样，怎样好？"

忽然，那姓王的向她叫了声："宋小姐，我的父亲曾受过尊太爷的大恩，临死的时候，向我再三嘱咐，要我将来报答尊太爷的恩典。今日正是小人报恩的时候，请小姐但放宽心，小人到船上去，取着一套衣鞋前来，给小姐改了装，好送你回去。"说着，转身要向林外走去。

雅宜听他这话，魂灵忽从天外飞回来了，便向那姓王的招手道："且住，你父亲是谁？该要向我说个明白。"

那姓王的即停步说道："小人王凤，我父亲单名一个虎字，绰号唤作毛毛虫，专做些挖墙揭瓦、翻箱倒箧的勾当。五年前到你家去行窃，叫尊太爷惊觉了，就有许多的家兵家将闻警而至，不由分说，将我父亲扭住了，要先行捶打一顿，然后再解送衙门去吃官司。谁知尊太爷却转然满面春风地喝禁那些人不要鲁莽，一面向我父亲说道：'我看你们做窃贼的，都是没饭吃、没衣穿，勒逼着你们走上这条道路。今夜既光顾到我这地方来，吃我家里人捉住了，若送衙门去吃官司，你家中的妻儿老小更有谁人赡养？但是我若放了你，你依旧还要做这种勾当，难免不再滑了脚，捞到别人家手里吃亏，叫我左思右想，没法摆布你，只得送你一百两银子，放你回去。你有这点儿银子，随便做什么买卖，不愁混不到饭吃。良言尽此，你能从此改过，是你的造化。'

"尊太爷话说完了，早取出白花花两只元宝，放我父亲出来。

"我父亲得了这两只元宝，回家便害了病，直到这两只元宝用得一干二净，才咽了气。

"小人依然做着窃贼，后来被同事的朋友荐到哈林那里入伙，今天才派小人当这个差使，不想得救了小姐，给我父亲报答尊太爷的恩典。"

雅宜听罢，回想在三年前，实在有过这件事，那时她父亲不过偶动一念慈仁，今日才得到这种用处，心里更加宁帖些。

这时候，王凤忽然向林外指道："小人瞧林外有个人影在那里伏着，一般会是剪径的新水子，不要着了他的道儿。"

说着，便掣刀在手，早跳过几步，高声喝问道："林外是哪一路靠山吃山、靠水吃水的朋友，掩在那里？是好汉不打闷棍，不妨请出来会一会脚步……"

这话未了，果从林外闪进个佩剑的少年来，也望着王凤喝道："你藏着狐狸心、豹子胆，敢要做这种事！值价些，须将这姑娘让给老爷受用。万一说出个不字，看老爷捉你到开州城那里开刀。"

王凤见势头不对，早向那少年拱手赔笑道："小人实因报答宋家的大恩，毫没有点点苟且心肠，看老爷并非哈林那里的人，总望老爷开一线之恩，放小人送宋小姐回去。"

少年讶道："你怎说我不是哈林那里的人呢？"

王凤道："这不是很容易辨认的吗？哈林手下的人，衣领下都扭着一个铜扣，看老爷颈上有是没有？"

那人道："不错，我便不是哈林的人，也要办你一个诱奸良女的罪，看你这东西有几个头杀!"边说边举手来拿王凤。

王凤万分焦躁，幸得少年没有掣剑，便挥刀向少年砍去，一刀砍在少年的指上。忽然王凤把刀掣回了，不但没有砍伤少年的手掌，少年手上的皮肉看来绵软得像棉花一样的软，实则坚硬得像生铁一样的硬，竟将那把刀砍卷了口，几乎连虎口都震裂了。少年仍像没有砍着手掌的样子，把个王凤吓得舌头都大了。

少年又喝道："你既是想救这位小姐，她是我友人李友兰的妻子，由我送她回去，总算你报答了她父亲的恩典。但我终怕你是个浑蛋，须得吃我这一剑。"

王凤见少年将那支剑已提在手中了，便跪在地下，转然神色不动，俯颈受刑。

少年哈哈大笑，叫王凤起来说道："你且到落峰山去，在飞烙铁那里入伙，宋小姐由我送回去，我若有半点儿欺心，天诛地灭。"

王凤毫无疑惑，自依着少年的话，投奔落峰山去了。

再说少年当向雅宜拱了拱手说道："小姐不用疑惑我，不瞒小姐说，我也是个女子。"

155

旋说旋将雅宜负在肩背，撒脚向林外便跑。刚跑没有多远的路，忽然有个人在前面飞一般地跑得前来，星光下看少年肩上背着雅宜，便说一声："有了有了！"

欲知后事如何，且候十四回书中再写。

第十四回

横滨岸女侠救裙钗
黑虎寨美人大聚会

话说少年背着雅宜向前飞跑，忽然前面来了一人，比少年的脚步还快，简直似离弦弓箭一样的快。

那人刚走到少年面前，便吐出很清脆的声音，现出很欢喜的笑容，两个光闪闪的眼珠早向雅宜只一闪，说道："有了有了！"

雅宜转又惊得心里突突地跳，星光下偷偷向那起来的人望去，转然喜得连心肝都笑出来，牙根上早度出一声李郎道："我困在哈林那里，传说你已被许彪腰斩了，尸首抛下横滨河里。不想你还在这里，也有我们相逢的时候。"

那人正是化名李友兰的穆玉兰小姐，因在落峰山到开州来，路过此地，恰好寻着雅宜。她的欢喜已到了极处，忽听雅宜说这样话，也不由惊讶起来说："小姐，你这是从哪里说来？"

雅宜正要向她回说什么似的，不防少年顿将她卸下肩来，向玉兰望了望说："你不是穆……"

少年又觉这穆字碍口，便转过来说道："老兄，我们从金马山分手，有好几个月不见了，我们找得你好苦。不去见吴太太，如何能在这地方寻到你？"

玉兰先前把一双秋波注意在雅宜脸上，此番转凝神向那人面上仔细望去，叫声："哎呀！你不是张锡朋阿哥吗？你我离别了好多时，怎么哥的面容转腴润些，看是要发迹了。此地不是讲话之所，我们带着宋小姐回落峰山去吧！"

说着，便由玉兰背着雅宜，一路同回到落峰山去。

看书人到此，要问这张锡朋是谁人。大略诸君看过《小侠诛仇记》的，回想金马山扑灭红莲教的故事，有张锡纯、张锡碬、张锡书、张锡朋兄弟四人，同薛瑾的姨太太香珠共同计划，得穆玉兰的资助，锄杀薛天左、朱峒元、贺也五、贺也六、燕鹏等五个红莲教的渠魁，在该书已经叙明。

那化名张锡纯的，是安徽黟山柳星胆；化名张锡
骰的，是山西太原方光燮；化名张锡书的，是方光燮
的妹子方璇姑；这个化名张锡朋的，却是柳星胆的妹
子舜英小姐。

在下那时叙过五杰扑灭红莲教的故事，该《小侠
诛仇记》一书，从此便告结束。掉转笔尖，牵起《红
颜铁血记》中一班流血成仁的女中豪杰。时间仅三个
多月，而事隔十余回，从不曾有一字提着方、柳兄
妹。看过《小侠诛仇记》的诸君，大略疑惑在下已把
这些事丢开了，其实方、柳兄妹也是《红颜铁血记》
中的重要陪客。如今旧事重提，恍如昨梦，估量诸君
再看到方、柳兄妹的文字，也像神交的好友，久别重
逢的样子。

原来方、柳兄妹四人，当日由金马山回到绵山，
见过狄龙骏、光燮兄妹，又回到山西，在他父亲神主
之前哀哀哭奠一场。

父亲的大仇已报，光燮并非问舍求田的人，且将
家事托堂兄方继燮管理，仍同璇姑将神主带到绵山供
养。过了方继武百日纪念期间，方、柳兄妹便一同在
狄龙骏面前请假，准备化装到云南来，拜访穆玉兰。
路过安徽黟山，星胆看到家乡的风况，是处都引起他

的悲哀，便同光燮兄妹去拜谒吴小乙娘，报告报仇的经过，小乙娘点了点头。

大家谈叙多时，星胆看小乙家中有个美人儿，便来讯问小乙娘。由小乙娘说出穆玉兰化名李友兰的种种故事，及成全小乙婚姻的事。方、柳兄妹都向小乙母子说了声恭喜。

小乙指着苏玉瑛的粉脸，迷迷地笑道："我这女人，没有生得怎的好模样儿，看来比戏台上的武小旦，倒还漂亮些。"

玉瑛低着头，两个小腮颊早晕起朵朵红云，说："你别要闲话里藏着小铜钱，你不怕大众笑话你！"

璇姑在旁笑道："这算什么笑话？吴嫂子太尊重了，看嫂子这样一个美人儿胎子，将来开出门面来，不知如何标致哩！"

这几句话，弄得大家都笑起来。

舜英道："说笑话要脸子冷冷地说出来才有笑的趣味。玉瑛姐莫睬她，她是我的嫂子，她说笑话，自己先笑了，叫人听了有什么趣味？"

璇姑听罢，面上不由晕红一阵，回头向星胆望了望，便对玉瑛说道："吴嫂子莫信她的话，她才是我的嫂子呢！"

舜英听罢，也不禁红飞双颊，悄悄向光燮看了一眼，却指着璇姑喝道："你是我的嫂子，还想狡赖吗？你好大的胆，敢违拗师父的话！"

璇姑听了，也指着舜英笑道："我是你的小姑，不是你的……"

舜英笑喝道："你是我的嫂子，还想狡赖吗？你好大的胆，敢违拗师父的话！"又接道，"我是你的小姑，不是你的……"

璇姑道："你再敢同我花马吊嘴，看我搔你的胳肢窝儿。"

舜英道："先是你对我花马吊嘴的，怎说起我来？我不看我哥哥面子，就赏你老大一记耳光。"又接道，"不用再说这弄情的话吧！你是看我哥哥的面子，吴嫂子在这里，看是我这嫂子究竟看了谁的面子，请你给我们参一句公道。"

玉瑛只是抿着嘴儿笑。

小乙娘两个眼睛几乎笑得合成一条缝子，小乙也禁不住一阵狂笑。星胆、光燮更笑得前仰后合。

璇姑道："看她还对我胡说一阵，我不打她不甘心。"旋说，旋举起手来打舜英。

舜英把个脸歪过来，说："嫂嫂要打我，就请嫂

161

嫂打了吧！"

璇姑倏地缩回手笑道："看你这怪模样儿，且记在我哥哥情分上，饶恕你这一顿毒打，下次可再也不许你乱说。"

舜英也笑道："你既看在我哥哥情分上，下次可再也不许你乱说。"

笑话说完了，大家又谈及正经。

星胆道："我们今天到落峰山去，可以会见那位穆小姐了。"

小乙娘道："昨天她在这里，说是要到落峰山去。但是你们今天到落峰山去，怕未必便能会见那位穆小姐。不若你们先在我这地方坐谈一夜，只烦舜英姑娘到某省某县某河滨口岸，某处某树林下，遇到了绝代佳人宋小姐，不到落峰山，便可以会见穆玉兰了。"

舜英领命出来，借用驭气飞腾的功夫，当夜到了那横滨河一处口岸，伏在那里窥探。却发现王凤对雅宜诉说他报恩的话，舜英怕王凤是诈，实行试验过王凤一番，便着令他投顺落峰山去。不想背着雅宜，出了树林，跑没有五里的路，无意间遇到穆玉兰。当由玉兰背着雅宜，一同回到落峰山去。

在下因为这些情节已经在前几页书中有了个交

代，也就毋庸再续。

单说玉兰、舜英、雅宜三人回到了落峰山，雅宜同她父母相见之下，说不尽被掳后的种种苦情，宋夫人怕雅宜在迷晕的时候已被哈林玷污了她的清白身体，曾暗暗探视雅宜的口风。雅宜被她母亲一句提醒，兀自小肉儿鹿鹿地跳，伸手在身上一试验，觉得故我依然，一颗心方才稳住了。口里只说："好险好险，我险些没有脸面见我爷娘。"

宋夫人好生欢喜。不表她们母女骨肉在这里谈心，再说宋铎转身走到黑虎厅上，把雅宜在哈知府那里的经过情形说了个仔细。

苏光祖听完宋铎的话，兀地脸上变了颜色，瞪着两个乌溜溜的眼珠，有些红赤起来，拍着大腿嚷道："怎的哈林那厮说我们汉人祖宗世代都做了满人的奴才，只要他们满人来对待我们汉人，就杀死千百个人、奸污千百个女子，有冤也没处申，谁敢拿他姓哈的办罪。还说我们汉人都生就奴才的命，哇呀呀！这是放他娘的哪里臭屁？看我有这火性，将他们这干满人都结果了，他才知道我们汉人也不是容易好欺负的。"

玉兰笑道："奇呀！寨主既出此言，如何当初也

163

挂着旗人的籍？寨主挂了旗籍，已不是汉人了，我们汉人做我们汉人的奴才，他骂的是汉人，并没有骂着寨主，怎惹得你这龙颜上光起一把火来？"

苏光祖听罢，揸开五指，在自己嘴巴上打了两下道："我们这样粗笨汉子，脑袋里没藏着半点儿仔细。当初我挂着旗人的籍贯，不过一时误听哈林的话，没有什么用意，哪知道他们满人居然把我们汉人当作奴才看待。我若是早有觉悟，哪肯干这种没天良的事？混账混账！该打该打！"说着，又握起拳头，要向天灵盖上打来。

舜英急止道："只要寨主不再做满人的奴才就得了，这拳头若打在你这脑袋上，就要打个粉碎。"

苏光祖把拳头缩回了，咬着两个牙齿，翻起一对儿乌珠，忽然叫了声哎呀，说："我想起来了，我们汉人怎么不是他们满人的奴才呢？恐怕他们满人对待我们汉人，比主人对待奴才还厉害些。满人当中做官有势力的人，杀死我们汉人几十个人、奸占我们汉人几十个妇女，不算什么话，偏是我们这班做强盗的，偏不愿做他们满人的奴才。便是我前次挂着旗籍，也不过是当耍子耍作的，谁想到这样的意思，谁就是个王八。可恼这厮欺辱我们汉人太甚，可知道我们汉人对我们汉人，有冤仇也可解释，有交情也可讲明。若是对待他们满人，他摆他的青龙阵，我有我的白虎关，这一刀一枪、一火一炮，迟早是免不了的事。若得擒杀了那厮，叫他们满人也知道我们汉人的厉害，就此反了大清国，南征北伐，东荡西除，见一个满人就杀他一个鸡犬不留，一直打到北京，找着那个皇帝老子，同他结算欺压我们汉人的账，割下他的龙头，把他当作尿壶使用，叫他的公主给我们汉人去做丫鬟，这才好乐子呢！"

玉兰道："哈林那个囚攘，我同他也是个势不两立，昨夜我若不遇见这位张四兄，得了雅宜小姐，我早已到他那里，拼个鱼死网破了，请问贵寨主，哈林手下党羽，是满人居多还是汉人居多呢？"

苏光祖跳起来说道："这句话就被李兄提醒了，他手下的党羽，一半是满人，一半也有汉人。不过满人都得他任用，在汉人当中，就凭许彪那样本领，也只在哈林手下当一个小小的走狗。我想不但哈林用人是这样，便是北京皇帝老，用人也是这样。我们出发做买卖的时候，看见那些王侯府邸中的大人物，大半都是些脑满肠肥的骚鞑子，便是城外的旗户人家，这势力比地方上有名的绅士还大，即此可见他们满人真个把我们汉人当作奴才看待。"

玉兰听罢，趁势便对他讲说种族的关系、国仇的大义，以及平时抱着一腔铁血的主义。

苏光祖不听这些话便罢，一听到这些话，早蹲在椅子上，不由向玉兰叫了小姐道："你何不早说?"

玉兰见他已叫出一声小姐，索性把自家的名姓，并同剑门山竹林寺真如师徒的秘密低声向苏光祖、舜英细述一遍道："我们久有此志，现在还请寨主帮助我们一臂之力，先杀了哈林，占了开州城，得了那地方的军粮兵械，那开州城便是我们发祥地，我们抵死要守着铁血的精神，不移不屈，打到哪里是哪里，成败祸福，也不暇顾虑了。谅这位张四兄也该要给我们出去这口怨气。"

苏光祖听完了，起身笑道："原来小姐还是云南女侠穆小姐呢，我给你叩头。你不准许我，就杀了我倒还爽快。"

玉兰道："这是什么话?"

苏光祖也不回答什么，扑地翻倒身躯，便向玉兰不住地剪拂，口口声声只唤着女菩萨，又说："不是女菩萨平治了云南红莲教，我们这地方也就落到红莲教人手里。那干鸟人乱起来，却还了得?"

玉兰不便伸手去搀扶他，等他拜罢起来，然后大家计划一番。

玉兰道："照苏寨主方才的话，偌大的开州城，四面都被水势包围定了，那里不容易抵抗的人，就是哈林的一班狐群狗党。山上的儿郎都不谙习水性，我们要得开州城，就非得先擒杀哈林及同党的人。要擒住他们，就非得将那厮激到这里来，才避免水战时的种种障碍。我去剑门山，将杏姑三人带来，张四兄也请他回到黟山，讲不起，也要给我们找几个帮手。寨主便着人到开州去，要这样的吩咐他们才好。"说着，又向苏光祖说是如此如此。

苏光祖自依着她的吩咐做去。

约过了四日工夫，玉兰带着富杏姑、富菊姑、王绣鸾来了。黟山却没有人前来，光祖好生焦躁。

玉兰劝止道："有我们姊妹四人就行了，也用不着他们前来，那是我对姓张的讲的客气话。料他是个侠性人物，不来也断不至到哈林那里揭破我们的秘密。"

苏光祖方才放心。少刻差人回来禀告说："有个王凤杀了徐豹，被哈林的党羽擒住了，已经斩首示众。小子在那里打探得那王凤生时熬刑不过，已说宋小姐被落峰山人劫回。哈林仗着他人多势大，不日要兴动人马，杀到这地方来，说要夺回宋雅宜小姐，同我们落峰山火并一场。小的因为大王的吩咐，对他说是已将宋小姐抢回山上，不日要抢他二十六房的大小太太，到山寨子里饮酒取乐。这意思不过是激恼哈林前来，难得他自己肯投罗网。小人正不用到他那里，叫他生疑，转回来向大王复命。"

光祖听了笑道："难得这厮肯自投罗网，倒省得他割去你两个耳朵。"

玉兰、绣鸾、杏姑、菊姑听了，都很欢喜。

不到一月工夫，早有山寨中探事的回报说："哈林已发动五队人马，杀到我们边界，在离山九十里地方安下营寨了。"

欲知后事如何，且俟第十五回再续。

第十五回

富菊姑枪挑尼格里
托也复挥战落峰山

话说探事报说哈林发动五队人马，杀奔落峰山的边界，却在离山五十里地方安扎营寨，第一队长是尼格里，第二队长是莫斯亚，第三队长是托也复，第四队长是索铭，哈林同开州总制王俊自领第五队在后震慑。

玉兰、绣鸾、杏姑、菊姑及苏光祖听了，便由苏光祖将军中的事权都推让在玉兰身上。

玉兰略谦让一番，也就不用再让了，便拿着名簿略翻了几翻，仍摆放一旁，向众人拱了拱手说道："今日的事情，众位兄弟都要明白，是苏寨主要我临时主掌军机，并非我终久要做你们的山寨之主，占据苏寨主如此座位。"

厅上的众头目不由都答应了一声，向穆玉兰唱了个喏。

穆玉兰又说道："我们在汉人当中，并非认人为父的官民可比，我又承受苏寨主的重托，不能不竭尽心力，同满奴做对头星，替小百姓做救命主。我们所有的是白铁，所仗的是热血，海枯石烂，这主义却始终不能游移，事要诸位同心协力，先行将哈林的势焰扑灭了，然后长驱而下，直捣黄龙，把这乾坤扭转过来，痛饮一杯爱国之酒。"

厅上众头目听到这里，暴雷似的叫了一声好，玉兰便传令，令苏光祖统率二百名喽啰，巡哨山中，绣鸾带领一二百名大刀手作左翼，埋伏东山谷间，杏姑带领二百名弓箭手作右翼，埋伏西山谷间，菊姑为先锋，带领二百名长枪手，向山坡下安了营寨，玉兰自领二百名大刀手，在山上接应。摆布停当，专等哈林兵马到来。

再说哈林那日斩了王凤，怒气勃勃地说道："可恼苏光祖那厮，由我抬举他入了旗籍，胆敢对我放肆，差人将宋家的娃子劫去，破坏我的规矩，想在我跟前显一显他的脸子。我不将落峰山踏个粉碎，拿获了那厮千刀万剐，他也不知道我们旗人的声势厉害。"

哈林是个烈性如火的人，他说怎样就要立刻做到怎样，却没有半点儿涵养的功夫，当下转了个念头，带了两个护侍，来见开州知府吴大铎。

大铎听得哈林来了，大开仪门，如同见了他的上峰样子，把哈林一邀，邀到了花厅上，按分宾主坐定。哈林同吴大铎略谈了许多闲话，便起身附着吴大铎的耳朵说了几阵。大铎点了点头。

原来哈林手下的党羽，在开州地界做下来的案件，大铎还巴结哈林不上，如何有这吃虎的胆，敢拿办哈林的党羽到案？若是事主追求得略松些的，便成了一件悬案，万一追求得紧了，就授意营捕，拿来几个小偷，屈打成招，定成盗谳，似这般已成了惯例。不料这次哈林前来面授机宜，叫大铎把那些悬案都准备着落在落峰山的强盗身上，若平复了落峰山，这种功绩，可也不小。

大铎始则听哈林的话，有些害怕，因为贵州是个荒僻之区，又值国家歌舞升平的时候，军队也落了个好模样，当兵是有名吃孤老粮的，大半是些老弱废物，连刀枪都怕有拿不动的，额数若是一百，实则能有二十个人就是足额。做军官的才好借此吞粮吃饷，若用这样的大兵，如何能剿灭落峰山的跳梁小丑呢？及听哈林叫他招募地方上义勇之士，军饷自由哈林一面担承。吴大铎是何等聪明的人？照着哈林的机宜做去，一面申详省垣，得了许可的回文，便在开州实行招募地方上义勇之士。

原来所招募的义勇之士都是哈林手下的羽党，大半皆属旗人，便是哈林，也来应募。哈林有的是金钱，这点儿军饷，休论实由他的羽党公摊，便由哈林一人拿出，也不算什么。但是军中的调度早由省垣任命哈林主持，哈林把他的羽党，共有二千七百多名，在军营中只调得开州统制，拣选得五名精兵，听候哈林调遣。哈林便令尼格里带领五百人，暂编为第一队队长，莫斯亚带领五百人，暂编为第二队队长，托也复带领五百人，暂编为第三队队长，索铭带领五百人，暂编为第四队队长，哈林同王俊带领五百人为第五队队长，在后震慑，只留二百人，及从王俊营中挑来五名的精兵，在开州城四面巡防，怕有落峰山的奸细懊恼。

这几个队长，论他们的本领，虽各有各的长处，但和许彪比较起来，他们做许彪徒弟的资格还不够呢。但许彪系属汉人，在哈林门下虽有点儿名气，但哈林不肯重用他。这次征伐落峰山，许彪只派在哈林马后，当了一名镖师。哈林封了大号的船，载着人马。

军行至绥阳地界，便舍舟登陆。眼看天色已晚，就在那里安营扎寨，将尼格里、莫斯亚、托也复、索铭唤到帐中说道："此地离落峰山只有九十里路，怕有人前来劫寨，是不会的。但大家却要整令军规，着令儿郎们轮流休歇，明天便到落峰山去，将五队人马按分五路进攻，务要在三日以内将落峰山的敌寇肃清了。"

各队长都唯唯应命而退。第二日天明，拔寨启程，浩浩荡荡，杀向落峰山来。

再说菊姑带领着二百名长枪手，按在落峰山坡，扎下营寨，早有探事前来报说："第一队尼格里人马，看要到了。"

菊姑忙将那二百名长枪手摆成阵势，提了一柄白龙枪，胯下一匹青鞍桃花马，专待尼格里的人马到来。果见飞尘起处，旌旗飘扬，拥上一彪军来。当先尼格里骑着一匹青骢马，抢着两口日月双刀，也将五百人摆成阵势。

两军相见之下，尼格里在马上哈哈笑道："好个

173

女娃娃，你与其在黑虎寨中想做飞烙铁的压寨夫人，不若你随爷去，同你在销金帐下战个通宵达旦，人不歇甲，马不停蹄。你看爷这脸子，不要比那飞烙铁漂亮得多吗？"

菊姑听了，粉面上早羞得通红起来，真是柳眉倒竖、杏眼圆睁，倏地啐了一口道："这东西忒也无礼，要想讨姑娘的便宜，谁与我擒杀此贼……"

说犹未了，菊姑手下的头目岑明喊了一声，抢手中枪，骤马向前，便来迎敌。两个搭上手，战不三合，尼格里双刀并起，已将岑明砍落马下。

菊姑见已折了岑明，拍动桃花马，舞起白龙枪，来杀尼格里，好给岑明报仇。尼格里见菊姑这样美人儿胎子，料她纵有点儿枪法，毕竟有限，恨不得便捉过来。才斗一合，看看已手颤心麻，刀法要乱了。

菊姑是个乖觉的人，暗想，这东西真太促狭，便将那白龙枪紧紧拨去。尼格里觉得她的枪法不易闪让，没奈何，只得拨马回走。菊姑纵马追赶，二百名喽啰就此呐喊一声，掩杀过去。

哈军因尼格里队长已败下来，也就无心恶战。菊姑飞马杀入哈军阵中，一条白龙枪真使得神出鬼没，鱼跃龙潜，逢人便杀。哈军的兵校哪里抵挡她得住，看她枪到处纷纷流血，只不上顷刻工夫，已杀了哈军三名百夫长，死伤者约有一百余人。哈军自相践踏，纷纷向后面乱钻乱窜。

菊姑看尼格里一骑马只在眼前，不由拍马急追。尼格里知道她的厉害，被她追得情急了，在性命交关的时候，没有法想，便脱去裤子，腰下赤条条一丝不着，在马身上打起个筋斗，头向上，脚向下，做那朝天一炷香的架势，那马仍向前飞走。菊姑见了，羞得抬不起头来，便拨回桃花马。

尼格里以为菊姑已被他这一着羞得走了，从从容容挽住了马缰，仍然穿着裤子。想不到菊姑手下的喽啰见了，向她打了个哨语。菊姑会意，拨转马头，在马上连拍了三下，那马竟似飞箭一般的快，看看已冲到尼格里马前了。哈军兵校因尼格里面向后，看不见菊姑前来，便高喊："落峰山的女娃娃又赶得来了！"

这时，尼格里的裤子已经穿好，好像听得后面马蹄之声，正要放马回避，不料菊姑已追到马前来了。及众军校准备向前护救时，菊姑已轻舒猿臂，一枪刺入尼格里的后心，枪抽血溅，只听尼格里哎呀怪叫一声，尸首已在马身上倒下来了。那马见主人已死，只顾向前面乱钻乱窜。

众将校因尼格里死了，便来迎敌，空拿着这性命尝试，又有什么用处？只好呐喊了一声，仍向后面退去。

　　菊姑却不追赶了，指令手下的喽啰，将尼格里尸首带回祭奠岑明，领着一支军，刚退回山坡下祭过岑明，忽然听得前面鼓炮齐鸣，原是尼格里的败兵回遇第二队队长莫斯亚，说是如此如此。

　　莫斯亚听报，大吃一惊，顷刻第三队、第四队人已到，哈林自领第五队人也到了。由哈林调度，将第一队逃回三百多人编入第二队中听用，令第二队队长莫斯亚领着本部人在前冲锋，第三队长托也复领带本部人在后接济，务要一鼓作气，扫平落峰山的强寇，只许胜，不许败，胜则必有重赏，败则拿人头来见。

　　莫斯亚、托也复得令出来，各发动人马，按部前进。这时，天色已晚，那半圆不圆的皓月已从东山间捧了出来，照在地上，依然现出了个光明世界。莫斯亚头戴蓬头大帽，身穿软甲，外罩一件英雄氅，脚蹬铁底油皮靴，手使生铁狼牙棒，胯下一匹踢雪乌骓马，一时旌旗飘展，鼓炮齐鸣，将部下八百人一字排开，横冲到落峰山山坡之下，和菊姑两阵对垒。

　　菊姑远远抢着白龙枪，在马上指着莫斯亚骂道：

"真是杀不怕的骚鞑子，杀了一个，又来一个。"

旋说旋拨开白龙枪，直战莫斯亚。莫斯亚也举棒迎敌，只十合，菊姑虚闪一枪，拨马便走。

莫斯亚暗想，这娃子的枪法很是寻常，尼格里怎会死在她手？旋想旋拍马追赶。忽然菊姑拨转马头，咋破喉咙，大喝了一声，一枪已刺进莫斯亚的咽喉。莫斯亚哪里来得及还手呢？早翻身倒仆马下。莫斯亚手下的军士见了，个个心寒胆战，但碍着哈林的命令，却又不敢退下去，只得鼓着勇气向前混杀。怎抵挡得菊姑一条枪，指东杀西，只始则听着一片喊杀的声音，继则听得一阵叫号的声音。

原来莫斯亚部下计有八百人，他们的主将虽死，但有八名百夫长，都也有一点儿本领，如今那八名百夫长已有五名死在菊姑的白龙枪下，军士也死伤三百多人，所以这阵阵叫号的声音，竟若狼嚎犬吠的麻烦起来。

菊姑手下的喽啰也折去二十多名，却在这当儿，托也复已领五百人马前来接应，一声呼哨，便同第二队人马合在一处，列成阵势。菊姑也就指挥手下的喽啰，摆阵相迎。

托也复即向左右喝道："谁与我擒此女娃子，为尼、莫二队长报雪仇恨?"

一声令下,早闪出百夫长沈雄,拨起手中的蛇矛,来战菊姑。只一合,已被菊姑在他前心一枪刺了个透明窟窿,翻身倒下马来。

托也复见折了沈雄,心中暗暗纳罕,只得挺枪出马,接住菊姑厮杀。两个都会使得好枪法,马上相对着,真是风飘玉屑,雪撒琼花。菊姑也暗暗喝彩,但她心中自有把握,明白这鞑子长此鏖战下来,绝不是我的对手。但他的兵勇众多,他是部中主将,能耐比尼格里、莫斯亚高强,他手下所训练的兵勇自然也比尼格里、莫斯亚的兵勇高强。现在我的部下已折去二十余人,我又不能便立刻枪挑了他,使他的兵勇掩杀过来,我不是把我部下喽啰的性命当作儿戏吗?前次我一时托大了些,折了岑明,我心里很是懊恼,岂可再使我手下儿郎的性命死在敌人手里?心里这么一计较,同托也复酣斗了二十合,不分胜败,便卖个破绽,向众喽啰递一声哨,拨马便走。

托也复看菊姑领兵退上山去,不知其计,竟一鼓作气,挥动部下人马,追得上来。看菊姑及众喽啰都在哈军前面数丈远近,好容易看要追上了,忽然啪的三通炮响,早从山谷间推出一支军来。为首一员女将，执绣鸾刀，胯下白驹马，拦住托也复的去路，大叫："胡贼休得猖狂，追杀菊妹妹，须在我鸾姑娘面前纳下头来！"

托也复也不答话，挺枪和绣鸾厮杀。两人一刀一枪，直杀得如风似云，如花似雪，如闪如电。约斗了十合，托也复看她的枪法不是容易好对付的，心里有些纳罕，只得勉强招架。绣鸾的刀法一招逼紧一招，托也复的枪法却一招腾挪一招。

两边的军校又呐声喊，接着菊姑领着本部的军马又掩杀过来，托也复看部下的兵校虽然奋勇当先，却禁不起菊姑的一条白龙枪左挥右杀，顷刻血流山野，人马倒死，不计其数。托也复却转然抖起威风，镇定心神。

两个又斗了二十合，忽然山头上的炮声一响，接着又见一支军冲杀下山。那员女将正是云南女侠穆玉兰，趁势指挥部下的喽啰，向托也复的人马掩杀过去。托也复便卖个门户，撇了绣鸾，拍着马奔路而走。不料部下的人马又经玉兰这样掩杀过来，约计折损了一大半，士气已杀。托也复只得杀开一条血路，指挥部下的人马向山下逃走。无奈玉兰在山上，菊姑在山下，绣鸾在左，月弓形模样似的三面作战，看要将托也复包围起来。

托也复便大吼一声，领带部下的残兵，向西山谷间逃去。却听得后面的敌军忽然金鼓不鸣，刁斗无声，托也复不由大吃一惊。

欲知后事如何，且看第十六回再说。

第十六回

走迷路贼人中巧计
进良言和尚教凶徒

话说托也复猛然间觉得后面的敌军刁斗不鸣，金鼓无声，像似没有追赶前来的样子。回头一看，一个敌军也不见了，心里暗暗疑惑，欲待回马下山，又怕敌军转埋伏在山下，欲待转身仍向山左边逃去，又怕敌转埋伏在山左边，要冲黑虎寨杀过去，加倍没有这种胆量。料想这三路敌军不会转到山左边埋伏的，只得仍挥令部下的残兵，约有二百人，向山右边冲去。喜得这山右边的形势不甚险峻，也有个马道一望无余，直到右边山坡下。约莫没有一里多路，忽听得一声鼓响。

原来那马道上，约距有半里的地方，那里有座瘗地，瘗地的坟茔累累，无虑千百。杏姑领着二百弓箭手，散伏在瘗地坟茔下，眼看敌军败退到这地方了，杏姑便擂鼓作响。那二百名弓箭手一齐拈弓搭箭，登时箭如飞蝗，向敌军敌投乱射。

托也复左臂间中了两箭，看部下的残兵饮箭而死者，人翻马倒，遍地皆是，有一支箭射中托也复的马屁股，那马负痛不能奔走，托也复只得跳下马来，耳边猛地听得羽翎作响，似乎在托也复头上响了过去，连帽子都被翎箭射得飞向山下去了。

托也复这一惊真非小可，这时只剩得十来个残兵没被射死，但受伤者已有五人，托也复忙令他们弃了马匹，拣着小路逃走，好容易逃下有三里多路，看弓箭已射不到这地方了，心中略稳定些。再看那五个伤兵都死了，身边只剩八人，暗暗向斜刺里走去。下得东山坡，忽听后面的喊声大起，原是杏姑、菊姑合兵一处，追得前来，玉兰同绣鸾分派人马，巡哨西北两处，防哈林、索铭前来助战。

托也复见后面的喊声渐近，又没见救援的兵将，左臂上的箭伤痛得比什么都难受，仰天长叹了一声说："我们旗人，怎配死在汉人手里？正是天高皇帝远，有理没处讲了。"说着，便咬定牙关，把大刀挂在一边，拔出腰间宝剑，向颈上一搁。五个军士待要向前护救时，托也复的剑已割去他的头了，人头和尸身都挂在一边，死后仍将那支剑握在手里，一场流血，好不厉害。

那五个败兵后来也被杏姑、菊姑擒上山去，后面哈林、王俊、索铭看要到山下时，这第二队、第三队已是全军覆没了。

你道哈林怎么到这许久工夫，直待把第二队、第三队全军都覆没了，才到这地方来呢？其中却有个缘故。原来哈林在未到山下的时候，早有探事报说："第二队队长莫斯亚已经阵亡，第三队的副将沈雄，也被落峰山的女娃子一枪挑死了，幸得托队长骁勇，已经将那女娃子战退下去。我军就此冲上了落峰山。"

哈林听罢一惊一喜，便领王俊、索铭，催兵前进，准备接济托也复，剿灭落峰山头。军行离落峰山下，只有七八里的路，猛见山坡间有大批贼军衔枚疾走，杀得前来，竟似从天而降，约有四五千人。

哈林一想不好，这落峰山怎的有这许多的强盗？看他们的声势，又都骁勇非凡，器械都灿然一新，行走的脚步又甚迅快。哈林和王俊、索铭见了这种气派，吓慌了手脚，一声口哨，都拨转马头便走。哈林在半路上，忙叫众兵校不要分散逃走，须团聚作一块儿，便是贼兵追赶前来，大家也好抵敌一番，不致遽然便遭毒手。众兵校自然对于他的命令不敢违抗，退有二十里的路，听后面没有喊杀的声音，看那些贼兵一个都不见了。哈林疑是敌人追赶不上的缘故，就因他们都是步行，便再快些，也赶不上我们的马队，但敌人既然有这些精兵从山上杀下来，毫无阻碍，不消说，我们第三队人，兵和将都已中了敌人的暗算，伤死在那地方了。我若早知落峰山有这许多人马，也断不至离我的巢穴，轻攻险道，到这地方，折去我一个爱将。但事已如此，纵然懊悔也没有用。好在绥阳那里有许多的船只，我们只连夜逃回绥阳，上了船回开州去，敌人也没法能在水路上处置我们，未必敢有人再轻进我的巢穴。

心里这样想着，转觉宁帖些。恰又退了十多里，料想后面的追兵追了一会儿，见追不上，大略已回山缴令去了。看这地方也是一条山路，如果飞烙铁把这四五千人马伏在这地方，我们多少也总要受些损伤。

哈林正想到这里，忽然军中齐声叫怪。哈林问是什么变故，众人都说："我们在先不是从绥阳到落峰山去吗？哪里看见这座山？现在回到绥阳，这座山是从哪里飞来的？"

　　哈林在仓促间，像似痰迷了心窍似的，没有想到这种奇怪。如今被众人一句提醒了，才恍惚迷失了道路，而是由自己的命令，领着全军人马，经过这种地方，不是军中人误会走上这条路的。但他竟怀疑为何竟是这样的痰迷了心窍，连回头的道路都记不清晰了？

　　正在这时候，猛听得扑通扑通十来声炮响，接着一阵喊杀的声音震得满山响应。月光下，见山中的人马直似潮水一般，约莫有一二万人冲杀下来，这一阵声音响出来，接着觉得后面的追兵又来了。那边是一座山，山上既杀下这许多人马，是不易冲动的，这边是一座荒原，也有四五千人马冲杀过来了。前面忽然飞尘起处，又有四五千兵马拦住了去路，四面看已受着包围，耳边听得四面人喊杀的声音，好像喊着："落峰山的全伙，都到这里，不可放走了哈贼！"

　　哈林流泪向王俊、索铭跺脚道："天数难逃，我们合该遭这样浩劫，落峰山如何会有这许多人马？看来是有两三万，我们竟像鬼使神差地走到这种地方，受敌人四面包围了。于今我们要想逃命，就得有神明保佑，也不见得能够在四面楚歌之中杀出重围。但于

185

今计，战亦亡，不战亦亡，我们唯有各自努力，凭着这股勇气，在势虽不能冲杀，也要杀死他们几百个捞本，反正十八年后，谁也都是一筹好汉。"

王俊、索铭都说声好。哈林命王俊、索铭、许彪各自舞刀，向前面撞将去。众军士在后又发一声喊，便接着前面敌军厮杀。王俊、索铭、许彪把大刀直拨得狂雷闪电，鬼哭神愁，众军士又都拼命冲杀一会儿，前面敌军队里约被杀死百余人，纷纷向左右退了点。哈林领着全军杀出重围，这一喜，真是喜从天降，看后面的敌军一个也追赶不上，哈林哪敢回身？连夜催动人马。

到了天明，估想这地方离绥阳已不远了，便向王俊、索铭说道："我那时若不鼓着全军的勇气，看来寡不敌众，一个也难逃得性命。"

王俊、索铭都佩服哈林的胆量，诚非寻常人所能及。忽然众人又叫了声奇怪，哈林转又吓得魂出，问是什么变故。

众人都讶道："我们奔波了一夜，还不是依然在这距离落峰山二十里地方吗？看面前那座山，不是落峰山是什么山呢？"

哈林到此，才真的想到落峰山人必有红莲教的余党在内，学得红莲教一点点毛法，竟自剪纸为马，撒豆成兵，迷障我们眼帘，叫我们空奔波了一夜，担受许多惊恐。便是我现在也看出前面这座山的确是座落峰山了。众军士也有拾得许多纸人、纸马、纸刀、纸枪的，献到哈林面前。

哈林越发看准这是红莲教暗中作法的一种证据，哈林在小时候，听得教中有个瘄生和尚说："这种撒豆成兵、剪纸为人的法术，无非是变戏法的一种，能瞒蔽人的眼障，却不能伤害人的性命。今有变戏法的人要将这纸人真变作了人，你若瞥眼看见了，怎么不是个人呢？我若认定这是个纸人，不是个人，心里一解决，马上他就真是个纸人了。这是什么缘故呢？纸人变作了人，这种翻戏，不过是一种幻术，其实纸人的本质仍是纸人，不是真的一个人。你不受他幻术的迷蔽，自然看出这是个纸人，真的不是个人了。所以这种纸人也只能迷惑人的眼障，绝不能伤害人的性命。"

哈林当初听和尚这样说，不是荒谬不经之谈，一句句都说到他的心坎里。那和尚又很在哈林面前献过他的本领，欲要收哈林为徒弟。在哈林眼中，自然知道这和尚是个少所见的怪物，论他既有这样好本领，本愿拜他为师，无如他是个汉人，凭哈林是满人中的天潢贵胄，岂有屈膝奴才为徒的道理？早被哈林将那和尚拒绝了。但现在哈林想到和尚谈说红莲教的戏法，得到那些纸人、纸马的证据，虽然落峰山上有会使红莲教法术的人，但哈林这时已胸有成竹，认定他们的法术是能吓得人伤不得人的，遂将和尚当日论说红莲教戏法的话晓谕军中，便传令在那地方埋锅造饭，权且安下营寨。

忽见有个兵士持一张名片进来。哈林向那名片上一看，喜得眉飞色舞，说："我今天正惦想到他，只是没处寻着他做我的帮手。难得他忽然来了，真正好极。"遂吩咐一声："请进！"

兵士领命而去，少刻，有个和尚进来。王俊、索铭在旁，早看那名片上面写着"瘝生"两字，知道这和尚便是哈林口中所说的和尚了。

和尚才进来，哈林已起身相迎，说："大师是从哪里来的，有何见教？"

和尚道："贫僧是从来处来的，要给我这多年不见的大师兄朋友念几卷倒头经，好送他归西方极乐世界去。"

哈林道："大师兄朋友是谁呢？"

寤生道："除了你这小子，还有谁呢？"

　　哈林是何等身份的人，平时养尊处优，学成一种目空一世的架子，他的性格又像炮里的硝弹，一触即发，若有人对他说一句侮慢或戏辱的话，除去他心中的爱人，绝没有能逃得出他的掌握。不过如今正在用人的时候，和尚又非寻常人容易好欺压的，他那时听了和尚这些无礼的话，心里实在气极了。但当时的环境是这样，也只有勉强忍受，反向和尚笑道："大师为何说出这样话来？人未死，要烦大师来念几卷倒头经吗？"

　　和尚笑道："你的死期就到眼前了，也罢，贫僧且告诉你，落峰山上来了那些女娃子，为首的便是云南女侠穆玉兰。这人本领高强，你是知道的，略施小技，便杀死你三个队长，一千五百名兵卒。昨夜因山上兵少，想围攻托也复，在势不能分兵抵敌你的人马冲杀上山，却借用剪纸为人、撒豆成兵的法术，将你戏弄了一夜，好运用她全副精神，催送托也复及众儿郎的性命。今日不待你去剿袭她，她也要逼杀前来。纵然这未死的一千人马未必便全数死在她手，你是军中的主将，她的目标贯到你身上，凭她那样兔起鹘没的本领，从万马营中尽杀上将首级，好似探囊取物。

你有多大能耐，想逃脱她手？所以贫僧特地提早前来，给你念几卷倒头经，也不枉那时你我相识一场。"

哈林知道穆玉兰的大名，听和尚这番雷惊电掣的话，只吓得心肝五脏都要分裂了，也顾不得自己是何等身份的人，扑地跪在和尚面前，泪流满面地说道："只怪弟子生成这副肉眼，不知师父像是位活佛。难得师父惠然肯来，总乞师父成全弟子一条狗命。"

瘤生哈哈笑道："平时不烧香，急来抱佛脚，亏得你的眼力还不错，事隔十年，你还认得我是一尊活佛。只是你我分别以来，你一直都做些奸盗邪淫的事，你的恶孽太深，虽有活佛，怕终挽救不了你的性命。"

哈林只要和尚肯救他，不论什么口是心非的话都说得出，当向和尚央告道："弟子知罪了，总乞师父不鄙凶顽，加以教诲。弟子现在听了师父的话，回想弟子居官做强盗所做的事，简直都是披毛戴角的蠢蠢东西做出来的，弟子立愿从此悔悟，要在世界上做一个人，谅师父佛力回天，成全弟子的性命。"

和尚道："不是贫僧不愿救你，是你自己不肯救你。你起来，只要你自己肯救自己就得了。"

哈林哪肯起身，说："师父怎样说我自己不肯救

190

自己的性命呢?"

和尚道:"你能立刻解散了这些狐群狗党,请王大人仍回本营,我立刻送你到开州,我自有这本领,只要你再不侵犯人家,人家也绝不肯再来侵犯你。这件事我明知说出来,你是不肯,但不说出,我也没有第二个方法能成全你的性命。"

哈林果然面有难色,只是心里再一计较,口里也就肯了。立刻传令,解散了党羽,请王俊仍回开州,哈林也被和尚带到开州去了。

及至穆玉兰发兵下山时,见敌军已散,没有人同她对敌,玉兰也只得收兵回山。想哈林去得很古怪,便同绣鸾众人谈论了一番,大家只解不出是什么缘故。

忽然苏光祖拍着大腿嚷道:"哎呀!小姐说五更时分,不是有个和尚来见小姐吗?那和尚还说救了山寨子上众儿郎的性命。穆小姐可知那和尚是谁呢?"

欲知后事,且俟十七回再续。

第十七回

肝胆照人此心如白刃
衷怀奚诉含泪怨红裙

话说穆玉兰，听苏光祖说这样话，登时便现出很惨淡的神气来。

杏姑、菊姑同声问玉兰道："是什么和尚？"

绣鸾也问道："我们同道中人，谁听得有个什么和尚？"

玉兰长叹一声道："你们以为是个和尚吗？那是我师叔的新道侣，四川阴平虎泉寺的慧远师，乔装和尚来见我的。慧远师的法力也不错，但我不信他的道力比我师叔还高胜几倍，什么过去未来的事，他自诩能推算得很有几成把握，他对我说是救了山寨子儿郎的性命，这是实在情形，并非好说大话欺人者可比。

我们在围困托也复时，不是慧远师略施小小的神通，剪纸为马、撒豆成兵，将哈林捉弄了一夜？在势哈林一支军杀上山来，凭我们这几个人，断不致伤害在哈林手里，但他攻其无备，掩杀上山。儿郎们见贼兵来得不测，没有防他到这一层，一时慌了手脚。哈林虽不能伤杀我们，岂不能危害山中众儿郎的性命？这是慧远师看我们是个爱国人物，才肯在暗中来帮助我们一阵。若是别人，他向来是抱着与物无争、与人无忤的主义，绝不管问那些闲事。"

苏光祖大笑道："有这样大人物在暗中帮助我们，总可杀尽国仇，痛饮黄龙一杯酒了。"

玉兰道："苏寨主且不用这样说，哪知他劝我不要干这种人血酒浆的事，这些话我没有对苏寨主说明，谅也无从知道。他在劝我不用干这种事的时候，那丝丝苦泪，两眼千行地流下来了。

"他说：'你们一班铁血同志，都想凭着这水火刀剪，牺牲无量头颅无量的血，要把这乾坤扭转过来，洗净得风清月皎，无如中国的人心已泯，满人的孽运正隆，这乾坤原不是你们铁血团的势力所能扭转过来的。你不听信我的忠告，终有釜共舟沉的一日，空牺牲着这无量头颅无量的血，依旧奈何满人不得。不若收拾雄心待好春，匿影韬光，慢慢玉成后来的爱国人杰。满人的势力衰颓，成功也许在一百五十年后，你何苦来逆天行事，枉自牵起一班儿女英雄，使他们肝脑涂地、玉石俱焚，尽做了个流血成仁的人物。唉！前此革命种子，凡是在西南发难者，为什么都该一败涂地？我们汉族人的山河，为什么就该攘夺在满奴手里？那满清的人，为什么把我们汉人当作鱼肉般俎醢、牛马般宰杀？能不令伤心人同声一哭？可见凡事之有不能理解者，不谓天数，即谓天命，数命有定，原非人力所能挽回了。'

"慧远师劝我这派话，还是学道人的老调，总不离乎数命，开口便看见他的喉咙。我同我师叔的理想，总觉'天数天命'四字，有定而无定，固能胜天数，命当属渺茫了。不过我有慧远师，未尝不是个爱国人物。但中了道学派的邪毒，我辈当敬其热心，不当听信他的劝告，这个花花世界，就非我们几个有限的铁血同志所能翻新过来。然有前者仆而后者继，一烈士殒命沙场，必有百烈士接踵而起。事虽不成，在我们身前，也该由我们做一条线索，使天下爱国之士，还知道什么唤作国仇，什么唤作革命大义，勠力同心，日后也许改造出一番新局面来，我们生前的成败却在所不计了。"

杏姑、菊姑、绣鸾及苏光祖听了，都说"天数天命"四字，荒谬难凭。杏姑又问慧远如何抵理哈林，玉兰便将慧远师捉弄哈林的事情说了。

苏光祖道："这事说来好笑，昨夜我在山峰上看哈林的人马，仓皇鸟乱，似乎在那地方兜着圈子，不敢杀上落峰山来。哪知还是慧远师作法，捉弄那厮的。不是穆小姐说明，我几乎疑惑是穆小姐翻着红莲教的戏法呢。"

玉兰道："岂但你疑惑我翻着戏法，我料哈林那厮，必然也想到这戏法是我翻的，那厮是畏避我，逃回了开州，不敢对我们再存藐视之心了。我本意要得今日到开州去探视一番，现在却用不着了。我且回剑门山去，见我师叔，看我师叔叫我怎样办法，我们就怎样办法。"

菊姑道："不行不行，姐姐哪里知道，前次姐姐到剑门山的时候，适逢我师父到外边去采药草，我们才瞒着师父，随从姐姐到落峰山来。梅姑那孩子很是胆小，因未禀明师父，不敢随我们一起出来。姐姐若去会见我师父，师父未必准许你便干这件事，怕还要逼勒我们姊妹回山去呢！"

玉兰道："师叔平时的怀抱，也同满人势不两立，怎么不许我干这件事呢？"

菊姑道："我只说师父恐怕未必许你便干这件事，何尝说是不许你干这件事？我曾听师父说，凭我们这几个人的本领，未尝不可揭竿发难。无如满人当中有个佟源，这人的本领、法术都算厉害到了极处，满人的全体不难歼除，就只佟源这个满人阻塞其中，我们就实在不容易对付，非待佟源的天禄尽了，我们还要探明满人当中是否再没有像佟源这种人从中阻梗，果然还有这种人产生，我们宁可守势待时，慢慢养成铁血团的势力，不可轻易冒昧，反使铁血种子伤害在仇人手里。师父曾对我说过这种话，我所以怕他未必许我们便干这件事，然而我们性急如火，要立刻间将满人驱杀无遗，用这心血，洗换得个花花世界，又不能不背着我师父，帮助姐姐干这件事。我们既瞒着师父随姐姐前来，就是即使师父开罪下来，任凭她老人家怎样处死我是不怕的。即使这身躯化成血、化成水，也要同满奴拼个你死我活。"

他们在厅上谈着秘密的话，宋雅宜的父亲宋铎在厅上坐了一会儿，正要回身到内寨去看望雅宜，索性将玉兰化装为女，对雅宜说穿了，叫雅宜死了这条心，且准备请玉兰将他们一家三口带到别省乡僻的地方，销声隐迹，避一避烽烟。就因宋铎的意思，看这黑虎寨中也不是个福地。

偏巧在这时候，早有人飞跑到厅上来，说："大事不好，宋小姐又不见了。"

宋铎蓦地听到这话，惊魂早飞出天外，便是玉兰和绣鸾、杏姑、菊姑及苏光祖听了，也替雅宜虚捏了一把汗。大家向内寨走去，远远就听宋夫人的哀音，一声女儿一声肉地号哭起来。

宋夫人同雅宜原是住的苏玉瑛那个房间，齐打伙儿到那房里，由玉兰劝住宋夫人问道："青天白日，是什么样人劫去了雅宜小姐？"

宋夫人掩泪道："方才我这孩子坐在床沿上，做一件芙蓉绸的夹袄，正刺着领口上一对儿双喜。我坐在一旁，看着她微笑，以为我有了好女儿，又配上这个好女婿，这双喜是取个吉利，是我叫她在领口上编着一对儿的。哪知这孩子磨蝎无穷，她的品格好到了极处，她的造化也就坏到了极处。我看她把这对儿双喜编成了，已是柳眉怎展，黛绿慵抬。我偏巧有了几分倦意，便同这孩子在床上睡了。我在蒙眬间，似乎听这孩子哎哟叫了一声，蓦地睁开眼来，哪里还看见我心头上这块肉呢？却有一把刀子捆在床柱上。若说这孩子被人暗杀了，也该有些血迹，怎么连尸首都不见呢？若说这孩子没有被人暗杀了，这把刀是从哪里来的？我在房里痛叫了几声，也没听见我孩子答应我，也没有人看见我孩子在什么时候、被什么人劫出去。苍天苍天，叫我怎样好？"

宋夫人才说到这里，却见杏姑已从床柱上拔下那把刀子，见那刀柄上嵌着个"真"字，心里早有几分明白了。便将那把刀子递向玉兰、绣鸾、菊姑看个明白。

玉兰便向宋夫人劝道："这刀子是我师叔的戒刀，有我师叔前来，留下这柄刀子。内中的情节，虽不能完全了解，但令爱未必再落到哈林那厮手里，请老夫人但放宽心，不要哭坏了身体。"

苏光祖问道："这刀子上有什么的确证据？"

玉兰道："这证据自然的确了，我今日到剑门山一行，十分也许明白八九分。"

宋铎夫妇听了，各自掩着眼泪。

当日夜间，玉兰果然回到剑门山，进得竹林寺的机关，会见了梅姑，问师叔和宋小姐现在哪里。

梅姑道："师父晚间又下山去了，姐姐可是问的那个宋雅宜小姐？现在第七层楼上，想她的丈夫李友兰呢！"

玉兰听罢，不由暗暗心喜，一直走到第七层楼上。爱凤早迎出来。

玉兰道："宋小姐是在这里吗？"

爱凤未及回答，即听雅宜的声音很凄婉地叫道："在这里，在这里。我的哥，你也到了这里！"

玉兰走上来，看雅宜满脸泪痕，表示她这美人儿刚才哭过的样子。诸君试思，雅宜在这当儿见了玉兰，自然是感激不尽，当知生我者父母，救我者李郎了。岂知当时的事情，有非诸君所能窥测者。

且说玉兰见过雅宜，便向爱凤、梅姑笑道："请两位妹妹到外面去，看我师叔来也未来。"

爱凤一笑，拉着梅姑下楼去了。

雅宜见房里已没有别人，一眼盯着友兰，说了一声："李郎，你苦煞我也！依我的性起，今日本不当再见你……"

玉兰听她这话里大有蹊跷，说："我屡次救你，倒饶你来奚落我。"

雅宜哽咽说道："哎！你屡次救我，我感激你，想要报答你的心思，谅你也还知道。不想你还是要推掉我，我不明白是怎样得罪你，一味地不容我报答，你把我当作猪狗看待。"

玉兰道："这个我受你奚落的缘故，我也有我的苦衷。只是这一次，我师叔如何将你带到这种地方？我未到这地方来，捏着十个疼指头，很替你担惊受怕。"

雅宜道："你还提这怄人的话，日间老师父把我带到这地方来，他要向我提媒，叫我嫁给山西李鼎。我听了很惊异，知道老师父不是寻常人物，也不像对我含有什么恶意似的，便问：'有个李友兰，可是山西李鼎？'

"老师父说：'李鼎是李友兰的朋友，贫僧给你做这个亲，原是李友兰的意思，李友兰却不能收你做妻子了。'

"我听了老师父的话，正如晴空打了个霹雳，我只不知你为什么这样想推掉我。你做我家的女婿，我不见得玷辱了你，你要明白，我这身子是清白的，你可记得当初我为你几乎病死？你望着我说，把我当作亲妹妹，这种光景，想起来还没有半年，却同在眼前的样子。不想你背失前言，竟由你的主意，要将我嫁给李鼎，有你师叔活口为凭，我岂诬栽你？今日相见，你须得好好地补偿我两行眼泪。"

玉兰听她的话，方才恍然明白，转抚慰着她道："非是我想推掉你，我若能娶老婆，哪里再寻得着小姐这样老婆呢？小姐哪里知道，我是云南女侠穆玉兰，所以化名李友兰的缘故，我有我的用意。我那朋友李鼎，面貌同我相仿，却是顶天立地的好汉子，我要想嫁人，若不嫁李鼎，哪里再寻得着李鼎这样丈夫呢？无如我现在的身躯已不是我有的了，我已将这身子卖给了中国人民，儿女的私情也就准备一刀两断，这意思也曾告诉我的师叔。因想李鼎是天下的一等男子，你是天下的一等佳人，我不能从中作梗，辜负你们青春年少，务要成全你们这段良缘。"

雅宜听了，将信将疑。当夜，玉兰因真如没有回来，和绣鸾、雅宜睡了个整夜。雅宜才相信这个穆玉兰并非真唤作李友兰了。

第二日一早，玉兰刚才起身，即听梅姑上来说道："师父已回来了。"

玉兰走到真如房里，真如劈口便问道："你想我今夜是到什么地方去的？"

玉兰回说："不知。"

真如道："我今夜到的地方很多，先到黔山去会吴太太，请她给我卜算，这卦里的意思不甚圆满，怕你们此事发难，凶多吉少。"

玉兰道："徒侄急难救国，有如弓在弦上，刻不容缓，吉凶却在所不计，不知师叔到黟山去，是否在吴太太那里，会见张锡嘏四兄弟呢？他说准备帮助我们揭竿倡难，怎么那些话不能算数了？"

真如道："那姓张的兄弟也是化名，本系绵山狄龙骏的徒弟，是山西方光燮、方璇姑，安徽柳星胆、柳舜英，他们吃过吴家的喜酒，却在昨夜被狄龙骏带回绵山去了。"

玉兰道："吴小乙已同苏玉瑛成了亲吗？想吴太太也因我公事羁身，没请我去吃一杯喜酒。"

真如道："我从安徽动身，却到开州暗探哈林的消息，不想在哈林那里，遇见个和尚。这和尚也不是和尚，却是阴平女师父慧远，她曾对我说，不是前夜帮助你们一阵，落峰山的儿郎们免不了要在哈林手里吃亏。本来慧远生就一双慧眼，看哈林名为旗人，实由我们汉人在旗人家充当奴婢，仿那以吕易嬴的故事，养出哈林这孩子来，这哈林实不能算个旗人。慧远看哈林出身虽不正当，毕竟却也有些来历，前十年就思收哈林为徒，这次哈林解散党羽，回到开州，也是慧远的主意，仍想收哈林做徒弟。昨夜经我把好为人师的道理责难她，她才悄悄回转阴平，不想收哈林做徒弟了。我想哈林的那班党羽名虽解散，不日又当转到开州，看来免不了这一场的浩劫。"

欲知后事如何，且俟第十八回再续。

第十八回

女侠集雄师威扬巾帼
奇人遭白眼辱没须眉

话说真如又接着向下说道："我从开州动身，又到落峰山去，会见绣鸾、杏姑姊妹，本想将她们带回来，无如她们的爱国热情已达沸点，要想遏止她们，如何还遏止得住？好像一天不将这乾坤翻转过来，她们这一天就觉天地之大，万物可容，偏容着她们不得。世界上的人杀身成仁，不过都是这个道理。我只得让她们也做个流血人物，三十年后，她们未尝没这缘分，再做我徒弟。我只得将宋家老夫妇带来。不是我咒骂你们，将来准备收殓你们的尸骨入土便了。"真如说到这肠断之处，眼中的泪不由流下来了。

玉兰听完真如的话，哪里肯信？还想将梅姑带得下山。

真如作色道："你的意思，要我门下的徒弟都死尽了吗？连一个梅姑孩子都不肯留，你叫我如何对得起云阳富如玉呢？"

玉兰见真如越说越没有好话了，正不用再请示她的办法，负气出来。真如忽又叫玉兰回来，玉兰问是什么。

真如流泪道："我这时若阻止你的雄心，并不算是违逆天数，但你们的性格，平时我知道很亲切，便阻止你们，又有什么用处？你们要做革命的先锋，要将这心血染红一片清白地，我这时也唯有成全你们的志愿。茅山有个佟道士佟源，本领、道法都比我高强，志趣虽和哈林不同，却终是你们的大敌。你此去到落峰山，恐怕同我没有会面的机会，我若将这事便告知你家太太，叫你家太太听了，心里必很难过。只是你要成全李、宋的良缘，你得留下个表记来，叫李鼎相信我不说谎话。"

玉兰听真如说到她母亲和李郎的话，心里也有些痛刺刺的，但她这时像发了疯魔似的，只知先有国而后有家，发难的时期，在她却以为刻不容缓，也不愿回见她母亲和李鼎一面，意思是怕他们听到这种消息，未免魂惊梦怕。明知真如的话是用她母亲打动她的心肠，可是她的心志已决，哪怕她母亲苦苦哀求她，她也立刻要去做个流血人物，劬劳之恩，唯有俟诸来世。当下便向真如回道："徒侄一日不驱灭满奴，替汉人解除倒悬之危，便一日不回竹林寺。师叔也休得太长仇人的志气，灭自己威风，徒侄自会到哈林那厮，总觉汉人受满人的欺负，使我不平则鸣。这铁血主义，便如弓在弦上，一触即发，哪里还顾得许多呢？万一徒侄流血沙场，没有这性命回见师叔，要成就李、宋的良缘，师叔只对李阿哥说：'玉兰当初和李阿哥约在二年后，等李阿哥在桂仙祠学成了武艺，搬到我家中居住，玉兰本愿同李阿哥永偕琴瑟，无如天已将玉兰嫁给中国了，不能侍奉李阿哥的枕席。玉兰不幸殉国而死，堂前老母，要望李阿哥代全孝道。宋小姐是玉兰的好友，总望阿哥成全玉兰的志愿，同宋小姐偕成花烛，那么玉兰虽不幸为国而死，也当含笑在九泉下了。'玉兰这番话，就是表记，请师叔转告李阿哥，请他不用为玉兰伤痛。"

真如擦泪道："话说在口里，不如写在纸上较为可信。"

玉兰只得取一张笺纸写了，交给真如收好。

忽然梅姑带着雅宜来了，雅宜向玉兰道："小姐，我随这位梅姑妹妹去会见我的爷娘，我以后只有给小姐供着一尊长生禄位，报答的话，再俟来世吧！"说罢，领着梅姑一笑去了。

　　真如暗暗又流了几点眼泪。玉兰遂别了真如，回到落峰山来，见过绣鸾、杏姐、菊妹，便到厅上来会苏光祖，各说是如此如此。果然这夜真如到落峰山来，曾劝告绣鸾师兄弟三人一番。便是对苏光祖，也说了许多守势待时的话，无如他们通通不信真如的忠告，真如也只有将宋家夫妇带回剑门山去。

　　苏光祖如今听玉兰对他说出那一番话，反笑起来说道："天下事步步要求社问卜，畏首畏尾，能干得什么大事？纵有佟源这个人，他的本领未必便及得上穆小姐，看来师父、师叔的性情肝胆，还不若徒弟、徒侄呢！我还笑黔山吴太太，要我玉瑛妹子做吴家的媳妇，既由穆小姐出面提媒，这婚姻还不是十拿九稳？为什么那样性急，不把我看在眼里，连穆小姐也不请她去吃杯喜酒？不是我们有国事在身，就得请穆小姐同到黔山去评一评这个道理。"

　　玉兰道："这个时候，是我们预谋发难的时候，不是同吴太太评道理的时候，我们干的这事业，是要歼灭国仇，和古来争权奔利的草泽英雄，用人民的性命赌斗私人的成败，毕竟大不相同。既要发难歼灭国仇，这山上的人马便是我们基本军队，自是以后，定须操练十日，督率儿郎们操演枪刀，那弓箭藤牌诸法，了是不可不再加研究的，总而言之，我的主义是专做满奴的对头星，除得遇见真同我们站在敌人地位的军队，我们不能饶恕，至于各地方的居民，丝毫不许骚扰，假借军饷的名义，横取他们的钱财。"

玉兰说完这一番话，当日黑虎厅上重开筵宴，大家欢宴了一日。玉兰在这十日以内，日日率领众儿郎，不是操演枪刀，就是练习弓箭，她的军令出来，没有人胆敢违抗，又买办了好些船只，叫众儿郎在没事的时候到水面上去练习驾驶，宣言择日兴兵开州，下书宣战。

这当儿，风声四起，没有哪个不知云南女侠穆玉兰在落峰山做了第一把虎皮椅子，要兴兵杀到开州。

哈林从慧远去后，眼前没有这个膀臂，虽然前次解散的党羽已经次第拢来，哈林总怕穆玉兰本领高强，声势浩大，暗同索铭商量，连夜带了三四十个骁勇的党羽，由索铭督押着，那二十六房姜小当中，拣挑几个年纪轻些的，同大奶奶蕊红，各藏带金珠衣饰，由哈林出主意，叫众人都一例扮作商贩的模样，出了城门，一路上遇水登舟，遇陆登车，准备回北方去逃命。弃下来的姜小，被他手下未经同行的羽党当中十来个小头目，各占了一个，做泄欲的工具。在那些女人身上，也得了不少的资财，这是哈林暗暗向那些小头目说明的，不是他们胆敢霸占旗人的姜小，做自己的老婆。不过那十来个小头目都得了手，就想到哈林这次逃难出城，原是畏惧穆玉兰的声势厉害，他们要顾惜这个脑袋，也就各知会部下的贼党，不敢在开州居住，分散到外省地方落草，各人依旧做着靠山吃山靠水吃水的买卖。

哈林的党羽算是再由拢结而解散了，偌大的开州城，虽有些军队，不过门面上敷衍得好看，哪里能经得起这种大阵仗？就吓坏了开州知府吴大铎，集齐各属文武官员，并地方上大绅士，共同商量，连王俊也没有半点儿抵抗的办法。吴大铎不由踟蹰起来，看座上有个绅士，唤作爱鹏，是个满人，除了哈林，要算他在地方上大有势力。

当下爱鹏起身说道："贼兵不日围攻开州，眼见得这开州地方要存身不得，别的不打紧，这地方最是我们的衣食饭碗，大家何不丢掉清朝衣冠，仍会有这本事做贼营中的开国元勋，把这地方献了，骑马的骑马，坐轿的坐轿，依然是轰轰烈烈，难道在这性命交关的时候，还讲究个忠臣不事二主？"

吴大铎道："爱君系属旗人，怎么要归附汉人，做大清国的叛党呢？"

爱鹏道："大人这话又说错了，只许你们汉人推倒满人，难道不许满人推倒满人吗？我笑你们汉人口口声声说到这满汉种族上去，我的意思却和他们不同，一个人只要无灾无难，享尽人间快乐，什么种族不种族的话，那有什么关系？大人不可拘定忠臣不事二主的迂见，凡事从权计量，要保全开州满城的百姓。"

吴大铎深知爱鹏为人最是颠顶无济，哈林已去，他的性情虽然颠顶，但对这地方的满人，他也有一呼百诺的势力，他这时不过是保持身家性命起见，对我说这样的话。贼党万一成就大业，他倒要做这个开国的元勋，如果贼党势败名裂，这种大逆不道的罪名，叫我如何担当得起？吴大铎这样在心里盘旋，表面上现出很踟蹰的神气。

忽然爱鹏背后站立一人，大叫道："谅这落峰山男女强盗，有何足惧？只需小人一举手之力，就把那些男女强盗一鼓扫平。"

爱鹏回望其人，乃系自己跟班的爷们，今天才上差的，看他那一身轻飘飘的样子，没有什么惊人本领，忙将那爷们唤至面前斥道："这是什么地方，容得你这奴才放屁？哈大人手下有本领的人还少吗？连他们都畏避落峰山的女强盗，溜得走了，你这奴才，能有什么本领，敢将全城的性命当作儿戏？快给我滚回去！"

那人碰了这一鼻子灰，再看座上各官员、各绅士神气，好像没有相信他是个有本领的，没奈何，只得退出来（这是第一个闷葫芦，预在《江湖历险记》书中打破）。

爱鹏道："这孩子，我爱他生得还白净，所以今天收他做爷们。看他满口打着谵语，倒使我厌恶起来。适才兄弟的谬见，吴大人尚踌躇未能决定，是疑惑兄弟言不由衷，兄弟可折箭为誓，要保全全城百姓的性命。"

众武官听了，却说："既由爱君剖诚相见，要全活满城百姓的性命，敢不唯爱爷马首是瞻？"

众文官都说："难得爱君出这题目，我们就有文章做了。这是爱君大义灭亲，府大人肯听爱君的话也罢，不肯听信爱君的话，大家也要附着爱君的骥尾，保全开州百姓的身家性命。"

吴大铎看这光景，如何拗得过？没奈何，只得和爱鹏文武官共同心志，议决归降落峰山的强盗，差人赍文到落山峰去。

玉兰看了开州知府的投降文书，集齐绣鸾、杏姑、菊姑、苏光祖，并同寨中的大小头目，开着军事会议。

苏光祖道："吴大铎这次投降，怕有诡谋，穆小姐同众小姐还要从长计议……"

话犹未毕，早有探事人回山报说："哈林已经带领索铭及几十名护卫，全家徙避一空。所有他手下的党羽，已经由拢合而解散，开州周近水路的地方，已经没有那些狐群狗党的出没踪迹。全城的百姓没有个不栗栗危惧，文武各官都束手无策。还有个好消息，说由旗人爱鹏倡首，合同大小官员，准备献上开州城池，归附山寨。"

玉兰听探事人这样报说，同吴大铎的文书恰合符节，心里转是一喜，厚赏赍书人回去。大家商量一阵，准备如约出发到开州去，好秋毫无犯，占了开州城池。但爱鹏这班旗人，却在所不赦。

大家用完午饭，便请苏光祖留守山寨，由穆玉兰、王绣鸾、富杏姑、富菊姑各带领一百名喽啰，即日出发，一般也电闪旌旗，风吹鼙鼓。兵行至绥阳地界，早有开州水路上的防营封下大批的船只，大吹大擂，迎接落峰山铁血军上船，一路风平浪静，不杀一人，不费一矢，安稳到了开州。早有吴大铎和文武各官，及爱鹏等一班绅士，挂灯结彩，鸣鞭放炮，迎接铁血军入城。百姓焚香膜拜，城中都换了铁血军的旗帜。

大家到府衙坐定，小喽啰荷刀佩剑，排立阶下，玉兰便在堂上扬言道："我们的宗旨，不过是拯救同族的人民，难得诸君有此肝胆，同心协力，响应我们一同守义，成也要赶紧向前做，不成也要赶紧向前做，华种子孙，谁也不愿做天长地久的奴隶。若再延挨下去，弄得起义人死了，后来的亡国奴又怕没有那种的毅力。我想这开州地方，比落峰山倒还险峻，军中的要务留下我们杏妹妹参赞一切，文部仍交给吴君管理，更有各位兄弟们在一处，何难成事？城外水面要隘地方，都要派人监守。我们赶快飞檄四川各府、州、县，先礼后兵。他们若肯响应我们，便是我们的同志，不肯响应我们，当然要有一番龙争虎斗。我们若侥幸先得了贵州，一步一步向前进去，未尝不可推翻满人一百年的天下。"

玉兰的话说完了，堂上众人都齐声叫好。

爱鹏即举手致祝道："诸位看中国还有此等热血的女子，如何能在满人手里做天长地久的奴隶?"

玉兰听了，不觉指着爱鹏问道："这是谁?"

吴大铎道："这位却是满洲人爱鹏先生，却也是我们的同志。"

玉兰道："堂上有几个满洲人?"

吴大铎道："连爱先生共是五位。"说着，指定其余四个旗人，向玉兰介绍了。

玉兰勃然怒道："我们汉人有汉人的同志，他们满人也有满人的同志，他们满人忍辱屈降汉人，和我们汉人在百年前忍辱屈降满人是一样的无耻下贱。左右! 快给我将这五个抓下去砍首报来。"

这一声才完，堂下走上十来个铁血军，不由分说，将爱鹏等五人扯着辫发，一齐抓到堂下平地栽倒。正待动手，忽然见外面跑来一个红脸大汉，年纪约在二十开外，身上并没带着一点儿器械，衣履也很平常，喝叫着："刀下留人!"那声音就同轰天炮一般的响。

那十来个铁血军各呆住了，站在那里，仍然像是握着大刀要杀人的样子。

玉兰向那汉子喝道："好妖道，你是哪里来的，敢在我面前放肆?"旋说旋拈出五个火眼金钱镖，嗖的一声响，便一镖向汉子脑袋上打去。

要知后事如何，且俟第十九回书中再续。

第十九回

血肉横飞痴情同一哭
冤魂错愕孝烈足千秋

话说那汉子在玉兰一支火眼金钱镖打来的时候，喝声："去！"

那支镖却打了回来，刚回到玉兰的脑袋上，一穿就是个大漏洞，霎时栽倒下来，鲜血迸流，死于非命。

堂上绣鸾、杏姑、菊姑各掣出兵器，喝令："众儿郎，快拿妖道，替穆首领报仇！"

那汉子急喝一声："止！"绣鸾和杏姑、菊姑及堂下四百名喽啰都像泥塑木雕的一般，哪里能动弹分毫呢？

汉子挥着那十来个执刑的儿郎，喝声："退！"那十来个儿郎都不由自主地退到原处站定。

汉子从容上堂，向各武官及众绅士说声："坐！"众人也就坐下。

汉子向爱鹏等五个满人喝声："来！"五人都到堂上分坐了。

汉子又走下来，向绣鸾、杏姑、菊姑喝声："跪！"绣鸾、杏姑、菊姑直气得心悬胆碎，恨不得将那汉子碎尸万段，只是口不能言，周身不由自主，两腿好像有什么东西打着似的，竟倒在地下了。

那汉子笑道："你们看这几个美人儿，也想逆天行事，干一回反叛耍子。假若中国有了个女皇帝，她们这些女元戎都是开国的元勋，将来凌烟阁上画起图像来，要费却多少的胭脂？哈哈！你看她们到这时候，心上还是恨我，要将我碎尸万段。看我若放着她们，将来怕有报复我的时候。"

那汉子笑说了一会儿，指着绣鸾、杏姑、菊姑喝一声："杀！"绣鸾、杏姑、菊姑自己各拔下自己的戒刀，就在自己颈项上一搁，霎时鲜血直喷出来，都僵卧在血泊里。

汉子又向堂下众喽啰喝道："你们都是贼党，本当开释你们，但留下你们的性命，恐为将来的后患。"

217

汉子的话说完了，又说一声："死!"那堂下四百名喽啰一个个都七孔流血，死在那里。

堂上有人见了，暗想，这汉子的法术厉害，还了得吗？他用这法术去任意杀人，虽然锄灭了这些贼党，若用这法力危害好人，他有多大的法力，即造下多大的罪过。即今国法无奈他何，天理也就容他不得。

那汉子仿佛已看出那人心里的意思，转不去理会他，便挽起爱鹏说道："我不应该用这任意杀人的法术，戕害同种的人。但因师命难违，惹得有人怪罪我，我心里也很惭愧。前天我有个朋友，跟你当差，在这地方，说些歼灭贼党的话，被你驱逐出去，论理我也不应当救你。但你同我师父有很重的关系，我那朋友既负气回见师父，我师父又遣我前来，先将落峰山苏光祖及众喽啰收拾了，然后来救你性命。贼党已全数歼除，你同吴大人商量个善后的办法，我此刻要回见我的师父缴旨。"

爱鹏听了他这番话，舌尖上却能转动了，便向那汉子举手问道："法士尊姓，尊师又是何人？乞法士明以告我。"

汉子道："我师父不许对你说出我师徒的来历，

我怎么敢说呢？好在你同我师父关系不小，将来未尝没有会面的时候。我回去缴旨要紧，哪有这工夫同你多说？"说完这话，竟飘然而去（这是第二个闷葫芦，预在《江湖历险记》书中打破）。

那汉子去后，堂上各文武官及一众绅士都已恢复平时的自由，目有视，视爱鹏，口有问，问爱鹏，耳有听，听爱鹏，不但无从知道汉子的来历，便是爱鹏前日在大庭广众之间，呵斥那个白净面皮当差的，这时已不在爱鹏家中了，并且爱鹏说那当差的是河南人，落魄到开州来，名唤卫人杰。爱鹏看那当差的身材不弱，且胡乱会使几件兵器，便收在跟前，听候呼唤，想不到那当差的是红脸汉子一流人物，也有惊人的法术，究竟那当差的是否唤作卫人杰，红脸汉子和他的师父是爱鹏什么人，有怎样的关系，爱鹏直百索不解，众人亦就当作一件疑案。

当日晚间，果有飞马传报，说："落峰山的全伙强盗，已在上午时候，不知怎的，苏光祖同一众喽啰，也有腰斩的，也有砍去脑袋的，也有致命刀伤刺中咽喉的，血流成渠，尸横山谷，没有逃脱一人，竟不知是哪里来的能人，将这一班强盗收拾了。"

众人听罢，知道这也是红脸汉子干的事，大家便镇定心神，公议善后的办法。众人你一言，我一句，说了好一会儿的办法，吴大铎都觉他们这些办法不甚安妥。还是吴大铎想了个好主意，对众人说了。

这时，城中铁血军的旗帜早已烧毁了，吴大铎便投文申详省垣，略言：

> ……哈林等义勇之士，奉命剿发落峰山，无如贼势猖獗，我军死伤无算，府里兵力单薄，剿守不易。幸得爱鹏设谋，出奇制胜，待贼兵分兵围开州时，开城诈降，用一千名刀斧手，埋伏府衙左近。贼众被诱进府衙，被刀斧手擒杀了。一面早颁发人马，围攻贼巢，也就一鼓歼灭，所有盗魁穆玉兰、苏光祖等，均已歼杀，落峰山及开州地方已无贼党踪迹。谨此奏捷上闻……

这一道详文上去，回文对吴大铎、爱鹏优加奖誉，这案件也就糊涂了结，不在话下。

且说吴大铎那夜里命人将众喽啰的尸级发到城外藁葬了，一面却将玉兰、绣鸾、杏姑、菊姑的尸级发付各城门号令水葬。岂知押解玉兰四人尸级的人，忽

220

然回衙报告说："将这四个女盗尸级在各城号令已毕，押到城西水葬，不料这四个女尸忽然不见了，也没有看见被什么人抢劫而去。"

吴大铎暗叫作奇怪，狠敲比了押解的人一番。

这夜，吴大铎兀自在上房安歇，因心中有所揣拟，只是睡不着。在闪闪烁烁的烛光之下，忽然门不开户不破的，看面前站立个老尼姑，腰悬革囊，手握了宝剑，指着大铎低声吆喝道："大铎，你听我教训你，你是个读书的人，不明大义，仍愿食清廷俸禄，这些奴颜婢膝的态度，连我们有志的强盗也不做。你这奴才，岂不该下油锅炸酌？今后改过方可，若再做满人牛马，我早晚当以飞剑斩你脑袋。四女尸级由我带回安葬，解员无罪，不得枉行敲比。你别要糊涂，要做哈林、索铭的榜样。"

说着，早从革囊里取出两个血淋淋的人头，不是哈林、索铭的人头，是谁呢？

吴大铎只吓得索索地抖，一眨眼，那尼姑已不见踪迹了。

吴大铎忙镇定心神，深怕自己的人头已被老尼姑飞剑砍去了，不住用手在颈项上捞摸。及至摸到背后三寸来长的一条小辫子，才知这脑袋没有损坏。

当夜无话，次日，将押解尸级的人薄薄责惩一番，便挥手令去。等到省垣褒奖详文到时，吴大铎便呈文上峰，托病辞职，就此致仕归休，不谈时事，这也不在话下。

诸君要问那老尼姑是谁，不是真如还有哪个？

原是真如早知玉兰、绣鸾、杏姑、菊姑四人有这一场的结局，但当初无法得劝阻她们。今日又虑同道中人的本领实在又不是那些人的对手，事后虽偕同慧远、梅姑劫去玉兰四人的尸级，事先却竟不能救得她们的性命。然想起挑衅的祸首，未尝不衔恨那个哈林、索铭入骨，特将玉兰四人的尸级托慧远、梅姑带回竹林寺，转去寻杀哈林、索铭一班党羽，并将那几个随行的姨太太一例都遣散了，然后转到开州府衙，恫吓吴大铎一番。本意并非逼勒吴大铎下野，像吴大铎这种官吏，下野不下野，和她有多大的关系？但怕吴大铎追比押解的人太急，枉害却他们的性命，明为催逼吴大铎下野，实则不肯殃及无辜，要借此成全押解人的性命。

真如从开州府衙回到竹林寺，一路上想到玉兰、绣鸾、杏姑、菊姑姊妹四人，性情极狭，早知不是福相，然这次为国而死，死有重于泰山，较那些湮没无闻、和草木同朽的庸庸碌碌之辈一死，有天壤之别。不过她虽然也开过几番的杀戒，总是慈悲为怀，平时还成全不少人的性命，于押解人尚欲成全，而对于玉兰、绣鸾、杏姑、菊姑及苏光祖等一班血性的英雄、爱国的人杰，总觉事有天定，不能挽回这一场浩劫。除了痛哭流涕之外，没有别的法想。

当夜回到竹林寺时，慧远已回阴平去了，看梅姑抚着杏姑、菊姑尸级哭，爱凤抚着绣鸾哭。

雅宜抚着玉兰哭，见真如来了，早又握着真如的手哭道："师父的道力，真似一尊活佛，只苦穆小姐福命极薄，虽有活佛，也不能起人肉骨，挽回她的薄命。穆小姐是我再世的恩人，遭此惨变，如同拿刀割我的心还痛。我就留下这条命在世间，不能报答穆小姐恩典、追随她的左右，我有什么趣味？"

真如哭道："你上有父母，如何得一死以殉穆小姐？你要成全穆小姐的志愿，嫁给李郎，由李郎给穆小姐代全孝道，你的本领虽学不到仇人的层级，但凭安徽吴太太的神算，穆小姐的大仇终报复你手，这就是你报答了她。你若一死殉穆小姐，必使她在泉下不安。"

雅宜哭道："活佛请告我仇人是谁？我将来如何

223

给穆小姐报雪仇恨？"

真如道："这时我不能告诉你，就因有许多干碍，日后管许你自会明白。"

雅宜早听爱凤、梅姑说到真如平时的性格，凡有什么要紧的话，她要告诉你，就得告诉你，不要告诉你，白问她也是无益（这是第三个闷葫芦，预在《江湖历险记》中打破）。只是哀哀如丧考妣般，又俯在玉兰的身上，放声大哭起来。直待大家把眼泪哭干了，由真如劝慰她们许多忍守节哀的话，大家才将悲声止住。

真如却忙坏了，一面令将玉兰四人盛殓着金珠宝玉，一面先到四川见王绅士，暗暗向王绅士哭诉绣鸾殉难的事。

王绅士听了，大笑道："我家有此奇女，虽死犹生，在先人颜面上，很添了不少光彩，这是何等幸事！老师父如何作儿女子态，悫然于生死关头呢？"

真如听王绅士这种淋漓慷慨的论调，心想，有其父必有其女，真是人中麟凤。

王绅士又托真如办理绣鸾葬事，真如自然满口应了。再转到云阳，见了富如玉，照着对付王绅士的话，向富如玉哭说了。

224

富如玉夫妇流泪道："玉兰这孩子，原是我们的骨血，承继到穆家去的。可怜这孩子同杏姑、菊姑身殉国难，真似一根根针戳到我们心坎里。天幸梅姑尚属无恙，我们从这几个孩子远离膝下，已打算她们将来成个流血人物，不能当是我家的孩子了，难得她们姊妹三人，殉难而死。想不到我们这种人家，也有此等孩子，孩子死得其所，转不用为她们惨痛哭泣。葬事要托师父管理，就因我们若将这几个孩子领回安葬，怕招摇别人家的耳目。"

　　真如听了，也就应允了。复转到鸡足山，在桂仙祠中，会见了悟因女道士，得见李鼎，照着对付富如玉的话，正向李鼎说着，李鼎忍不住浑身的肉都直跳起来。

　　及听真如的话说完了，李鼎起身一站，像似痴呆了一般，竟抓着真如的膀臂大声道："她死了吗？"

　　即又抓耳捶胸，将桌子用手一拍，大声吆喝道："哇呀！是死了。""了"字才说完，把眼一瞪，就跌倒在地，脸上陡然透黄，早已不省人事。

　　悟因、真如都暗吃一惊，看他两手冰冷，口中只有微气，死生只在须臾，唤了好半晌，方才听得李鼎喉里喘息有声。一会儿，口中吐出几口痰涎，竟似害了一场重病似的，起身坐在一旁，泪流满面地说道：
"是死了，怪不得我在夜半三更看她站在我的面前，
脑袋上穿了个窟窿，说她是死了，千万不能为她这薄
命人哀恸，并要我侍奉她的老母。又说，有个宋小姐
是她的朋友，要我准许她，同那宋小姐成就良缘，她
死在九泉，也就魂安魄稳。

"我在蒙眬中，却对她说道：'记得当初我到罗珉
山访你，你母亲说你是死了，叫我哭得要死。天幸你
那时并不曾死，活灵活现地荐我到罗乌鼠山，投师学
世武，你不是还在世上？今日你又在我跟前装死远
我，说出这忘情薄义的话，我有什么辱没了你？哎
呀！我的心飞到哪里去了？'

"她听了，便劝着我说道：'我母亲当初对你说，
我是死了，想不到尔时的谶言，却应在今日。你说我
没有死，脑袋上这漏洞，便是我致命的伤。我只恨自
己福命极薄，辜负你的雅爱。你后来若听到我死的消
息，你还该替我欢喜，相信你自己的眼力果然不错。
我托你给我善全孝道，如何能说我远你？宋小姐是我
的好友，你是爱我的，就该信我的话，同宋小姐偕成
佳偶。每当寒食清明，要你们老夫妇在我坟前插土为
香，和泪当酒，则我身受你了。'说罢，竟抱着我放

声痛哭。

"我在梦中醒来，她的哭声犹在我的耳底，她的小影犹入我的眼帘，她的言语犹刺着我的心坎。哎呀呀！她果然死了，我的心飞到哪里去了？"

真如向他劝慰一番道："玉兰身难死，而灵魂未死，你要听她的吩咐，才是她的知己。她母亲只有她这个义女，若听她是死了，不知要伤痛到什么地步。年老人是风前之烛、草上之霜，如何禁得起那般伤痛？你以后在她母亲面前任如何不能说她是死了，叫她母亲听了心里难过。她的尸首尚停厝在我那里，你随我送她入土，不枉你们一世之好。"

李鼎便随真如到竹林寺来，岂知当夜竹林寺中，又出了一件岔事。

欲知后事如何，且俟第二十回中再续。

第二十回

小侠士设祭哭情人
老夫人深宵惊噩梦

　　话说真如带着李鼎回到竹林寺时，不想寺中出了一种岔事，你道是什么岔事？

　　原来梅姑、爱凤、雅宜三人，同伴着玉兰、绣鸾、杏姑、菊姑四人的尸级，忽然雅宜不见了。梅姑、爱凤只当是雅宜看望她的父母，及至到宋铎夫妇房中问时，都回说未见。

　　大家惊慌万状，在寺中上下地方寻了个遍，只寻不着雅宜。又到山间寻找了一天，终是石沉大海，消息全无，众人这一吓真非小可。

　　及至真如带着李鼎回来，听爱凤、梅姑、宋铎夫妇禀说如此，真如像似行所无事的样子，向宋铎夫妇道："凭吴太太的神算，和我理智上的推测，早知雅宜有今夜的事情，雅宜才出龙潭，又蹈虎穴，总该要给她捏着冷汗。若照神算和理智上推来，她此番不但没有意外的祸变，并可给玉兰报复了大仇，真所谓不入虎穴，焉得虎子。想不到那么一个有法术的人，竟死在弱不禁风的女郎手里，天下事奇奇怪怪，真令人匪夷所思。"

宋铎夫妇听真如说出这番宽心的话，毕竟放不开心怀。

真如照出他们的意思，即正色说道："岂但雅宜是你们的女儿，看她失踪不见，使你们悬心吊胆，难道这孩子不是我的心上肉吗？万一她此回损伤了一毫一发，我怎能不去救她？我不是这样凉血。你们但请放心，她此番绝无意外的祸变，不出三月，定当手刃仇人，含笑归来。你们哪里明白，她将来的造化很大，须比不得玉兰，你们只等着好消息便了（这是第四个闷葫芦，预在《江湖历险记》中打破）。"

梅姑、爱凤在旁说道："师父的道力、吴太太的神算，本来丝毫不会走错，宋小姐是个文弱的闺秀，便能手刃仇人，如何能出虎穴呢？那时候却要师父出山了。"

229

真如道："这件事却始终用不着我出山，我若出山，岂但不能将雅宜救出虎穴，反而将这件事弄糟了，要发生许多的障碍。自有人会救雅宜出险，你们不用顾虑，我的话绝不会走板。便是我的道力万一不济，吴太太的神算万一没有十分把握，雅宜晦气已退，福运将临，她的身体有了危险，就掘我这眸子。"

爱凤、梅姑问道："是什么人救雅宜出险呢？"

真如道："此人也很有来历，我这时本当告诉你们，但不告诉你们，较为稳当。"

爱凤、梅姑也就不再问去（这是第五个闷葫芦，预在《江湖历险记》中打破），劝慰宋铎夫妇回房。真如便带着李鼎，到了玉兰尸前，号哭了一场。梅姑也转来哭着杏姑、菊姑，爱凤哭着绣鸾，都哭得一佛涅槃、二佛出世，由真如便将这四具尸级盖棺安葬。

李鼎碰着玉兰棺盖哭道："一棺已盖万难开，小姐撒得我好苦呀！"只一声，便痛倒在地。

众人又将他搀扶起来，玉兰、绣鸾、杏姑、菊姑四人安葬已毕，李鼎哀哀作了一篇祭文，夜间到玉兰坟前，取出几样果品，摆设起来，插土为香，和泪当酒，祭奠已毕，将祭文取出，悲悲切切地念道：

某年某月某日，李鼎谨以香烛素馐之物，致祭玉兰贤妹之茔前，曰：呜呼伤哉！血染琴堂，珠沉瀛海，曾日月之几何，而贤卿已舍鼎而逝矣。卿以美人肝胆、铁血襟怀，女不愿有室，而以国为室，非无情之人也。愧鼎樗栎庸才，蒙垂青睐，得近芳颜，不鄙鼎为忘情人，资助磋切之功，订定生死之约，用情如卿，感激曷极？

呜呼痛哉！为国捐躯，本为好男儿开心之事，但卿不死于两军之前，而死于匹夫之手，古来裹尸马革，尚传为美谈，以卿之伏尸五尺、流血五步，忠烈更为何如？鼎非木石，安能不情竭洪儿之纸泪，尽杜鹃之血也哉？

呜呼！卿今往矣，而言犹在耳，忠岂忘怀，红颜物化，空余三尺青坟，纵叫白骨埋香，应呼雄鬼，第鼎不得追随鞭镫，即鼎寡缘，卿不得偿许襟期，非卿薄命。卿今为国而死，鼎尚偷生，鼎今为卿而来，而卿安在哉？

呜呼！芳草流丹，恨名香之莫赎；瀛洲水渺，衷精卫之难平。卿如有知，或现芳魂于永夜，或通消息于窗前，畅叙卿生平未尽之坛

场，指示鼎异日得延一线之结局，此因鼎之所
厚望于卿，想亦卿之所欲言于鼎也。哀哉
尚飨。

李鼎读罢祭文，坐在坟台上大哭，只哭得目肿声
嘶，也不肯住。又暗暗望着绣鸾、杏姑、菊姑的坟墓
祝道："穆小姐同三位小姐的阴灵不远，我李鼎若存
在一日，绝对继踵穆小姐之志，凭着这一把刀、一腔
热血，出生入死，把那些狐鼠鬼蜮，一概歼除，驱逐
满奴出关，相率中原豪杰，还我河山，不叫上国衣冠
沦于夷狄。事成固托众先烈暗中默佑，不幸事败，我
李鼎唯有一死，以谢先烈之英魂。"

李鼎方祝到这里，转不禁又哀恸起来。

这时，天上垂着暗暗的星光，一片空山，满布着
愁云惨气，鬼磷萤火，三五成群，阵阵阴风，砭人肌
骨，一时狼嚎猿啼之声，由旋风荡入耳鼓，愁人到
此，是处都足以引起性灵上无限的悲哀。李鼎哭到万
分沉痛，抬头一看，却见玉兰同三个浑身血污的好女
子，现到他眼前来了。

李鼎转是一喜，说："原来玉兰还活在人间呢！"

玉兰笑道："我们不在人间，不在天上，今夕却

幸与李兄魂魄相依，得逢一面。我们本想凭着这一口气，要翻新这个花花世界，无如天数难逃，竟免不了那一场的浩劫。你的造化大得很，须不是个流血成仁的人物，我们革命事业成功，定在百年以后，你毋庸为我们伤痛。你能善事吾母，得同宋小姐谐成连理，便是我的知己。幽冥路隔，尔我情深，正不在魂梦床第间了。良言尽此，请从此告辞了。"

说完这话，向李鼎哈哈大笑三声，就在这三声笑完以后，李鼎忽然醒过来了。哪里还见得到玉兰和绣鸾、杏姑、菊姑的灵魂呢？又在那里仰天干哭了一阵，回到竹林寺中。真如怕他想出疯魔病来，劝他回到桂仙祠，晚间随从真如学武，每隔十日，抽出些时间来，看望玉兰的母亲。

李鼎无奈，在临行时候，又到玉兰坟头哭奠一场，暗暗地祝道："贤妹且安心在这地方，卿母即我母，我就去给卿成全孝道，再俟三月，当设法为卿报仇。"

说毕，又号哭了一阵，回到罗珉山，夜间胡乱练了数小时的功夫，便同仆人穆贵到乌鼠山去，看望穆太太。

早有芸香、韵香听得是李鼎和穆贵来了，便由韵香出来，将门开放，说："李爷来了吗？太太因前夜得了一个噩梦，想着小姐终日在外，死活不知，镇日在泣不已。现在我们小姐是死是活，谅李爷总该知道。"

李鼎听了这话，心里觉得十分惨痛，口里却好好地说道："我昨夜还同穆小姐在一处谈心呢！"

韵香笑道："太太这几日只说小姐是死了，谁知梦境难凭，小姐并没有死。你且站在庭间，等我去告诉太太，包管她老人家听着快乐。"说罢，连忙进房去告诉穆太太。

穆太太扶着芸香出来说："我的儿呢，怎么不同李兄双双回来？"

李鼎忙抢得上前，扶着穆太太的双膝说道："小侄在这里拜见老伯母。"

穆太太说道："哎呀！我因前夜做得那样清秋大梦，心里很是害怕。今瞧你同穆贵来了，说是昨夜同我的儿在一处谈心，我听了又是快乐。你这时腹中可饥饿不曾？叫韵香弄点儿东西你吃。你快说，我儿几时才回来？"

李鼎听穆太太这话，暗想，可怜可怜，如果我说她女儿是死了，她心里要怎样地难过？便起身哽咽着回道："侄儿腹中并不饥饿，请韵香姐弄点儿东西给穆贵吃了吧。"

韵香便带着穆贵，到外面去吃饭。

李鼎又向穆太太说道："小姐回来的时期尚未能决定，她在昨夜会见我，要我替她侍奉老太太，成全她的孝道。小侄看透小姐的志愿，分明同在我心里说出来的样子。今夜赶到老伯母这里，有几句话要禀复老伯母。小侄自先父母弃世，落魄无归，蒙小姐以家事畀我，小侄情愿拜在老伯母膝下，恳老伯母收我为子，自适励志竭心，成全孝道。"边说边又插烛似的跪拜下去，那眼泪便禁不住流下来了。

穆太太忙扶起李鼎笑道："痴孩子，做我的女婿，做我的儿子，不是一样的吗？好在老身没有男孩子，儿子也是女婿，女婿也是儿子，你的年纪比玉兰大一岁，你们这时谨以兄妹相称，后来就用不着这样称呼了。玉兰这孩子，是除了你不嫁第二个人的，老身只得暂时忝叫你一声鼎儿了。只是你以后会见玉兰，叫她在二年后，等你武艺学成了功，将你搬到我家中居住，我看着佳儿、佳妇谐成花烛，却不许玉兰再到外边，好管人间不平的事。你们贤夫妇追欢膝下，使我心里快乐。"

李鼎听穆太太这话，好生伤痛，望着玉兰住的那间房，擦了几点眼泪。穆太太只当作他想起生身的父母来，却也不疑惑到别项事件上去。

忽然韵香哇的一声哭上堂来，穆太太怒道："敢是穆贵欺负了你吗？这厮已有了点点年纪，却好不懂得规矩。"

韵香哭道："不是穆贵欺负了我，我想起小姐在日好处来，不由得我不辛酸泪落。"

穆太太听韵香话里大有变故，转又想到梦中事情，便挥手叫穆贵进来。

少刻，穆贵来见穆太太，芸香含哭道："穆贵，李爷对你讲说我们小姐究竟死活怎样？你对韵香是说些什么？"

穆贵向李鼎脸上望了望，说："姐姐不要问我，只问这位李爷，我们小姐的死活怎样。"

李鼎掩泪道："穆贵，我几时对你说小姐是死了？也该说出个证据。你这奴才，倒会造谣生事。"

穆贵道："不是李爷对我说的，是我暗暗窃听李爷告诉桂仙祠老师父的。"说着，便将玉兰遇害的情形，子午卯酉地说了一遍。

穆太太听罢，禁不住阵阵心酸，哭了声："兰儿!"便有些昏昏沉沉的样子。

芸香、韵香忙不迭地将穆太太唤醒过来。

穆太太哭道:"这何能怪得鼎儿呢?在他的意思,是将玉兰遇害的事对我瞒起,怕我知道了,心里难过。但我的意思,早怕这孩子有今日结局了,她虽非我亲生,但比亲生的女儿还好。她为国捐躯、为民流血,便死也死得值了。不过我想到我儿的性情,看比拿刀剜碎我的心肝还痛。前夜我梦见她浑身是血,脑门上有个血窟窿,跪在我面前,说她是死了,将来必为厉鬼,追取仇人性命。又说:'母亲可算是疼女儿的了,恕女儿不孝,不能侍养母亲终年,可怜母亲白疼了女儿了。母亲在女儿身上的希望都是假的。'这梦中的事情过真,惹得我这几日神魂杳渺,一合眼便见她站在我面前痴痴地哭。现在她果然死了,从什么地方再会见我的儿呢?"

李鼎劝慰穆太太一番,替玉兰立了神主。

过了终七时期,穆太太看李鼎是至性中人,不但对她能曲尽孝道,便对她已死的女儿,出必告,反必面,姊妹无其恳挚。穆太太心里转安帖些,却向李鼎说道:"你住在我家中,差不多已有五十日了,这五十日的时间,你的武术没有丝毫的进展,殊负玉兰当日期望你的心肠。我这时神态不甚颓唐，你不妨仍到桂仙祠学武，有时你想到我，你就来看望看望。你的武术学成了功，一二年后，还是搬到我家中居住。宋小姐既由玉兰生前媒合，待她去报仇回来，你切不可痴情，不要人家的孩子，再负玉兰梦中的嘱咐。报仇的事，既然真如有十成把握，你也不用参加，你不能再出乱子了。即令宋小姐未必便能给玉兰报复大仇，你若等一二月后要去寻仇人，老身也要阻止你。不过要你武艺学成了功，才许你参加报仇的事。"

李鼎听罢，只不敢违拗穆太太的吩咐，当夜又宿在玉兰神主前祈梦，只觉心血不宁，如火之燃，如鱼之跃，哪里睡得着？及至有了几分倦意，却再也看不见玉兰的小影了。

李鼎在第一日，又祭奠玉兰一番，弹却了许多的红泪，向穆太太又说了声珍重。

在那一声唱别的时候，穆太太便向李鼎说道："你以后既是我的儿子，万一我死以后，随你将这虎跃龙飞的健儿身子去做个流血成仁的人物，只是不许你做强盗。你肯听信我的话，你就是我的好儿子。"

李鼎连声遵命，穆太太只待望不见他的人影，方才回去。

李鼎带了穆贵，且准备回到桂仙祠，住上二月，再来探视他的义母，并到剑门山竹林寺一行，要看雅宜报仇归来，一路上只是颠倒价盘自这许多的事件。忽然想起玉兰来，不由对着那湛湛青天，长叹一声道："红颜物化，山川运歇英才；浩气长留，鼙鼓声沉战血。似此金粉飘零，斯人已古，胡天胡帝，罗网重重，人血酒浆，风声籁籁，天醉也，天无言，卿志未酬天亦苦，空风何处显冤魂。"

李鼎仰天浩叹了一会儿，把眼泪拭了拭，便同穆贵回到桂仙祠去。

我这部《红颜铁血记》，却不忍再编纂下去，也就从此告一结束。